*Temperino rosso*
edizioni

Attilio Fortini

# Terra Preta

*Romanzo*

*Temperino rosso* edizioni

Titolo: Terra Preta

Autore: Attilio Fortini

Editore e distributore: Lulu.com

Impaginazione e grafica: Temperino rosso edizioni

Edizione 2011

ISBN 978-1-4477-5896-9

*a Lj & Jo*

# Terra Preta

Entro, sono solo, si chiudono le porte, schiaccio il 6° piano. L'ascensore inizia a salire : 1°, 2°, 3°, 4° piano, 5° piano, 6°: no! l'ascensore non si ferma! come non si ferma?

Oddio! incredibile! sto volando!

Lo specchio sulla parete ha qualcosa di strano: come? ha smesso di riflettere?

Sì sì, è proprio così! La mia immagine e la sua viva impressione di stupore poco alla volta sono... stanno svanendo!

Ora c'è solo un vetro trasparente: gli sono subito addosso:

sto proprio volando!

Sotto le case si alternano ai terreni, alle città, alle colline, alle nuvole. Là il nocciola lascia subito il posto al verde, il verde al grigio, all'azzurro, al bianco... Sono affascinato da tutto quello che c'è là sotto.

Non riesco a staccarmi!

Ho l'eccitazione che qualcosa dovrà ancora sorprendermi.

Il sole ha iniziato a nascondersi; iniziano anche ad accendersi le prime luci: le prime righe cominciano a formarsi. E poi, più il sole scompare e più quelle righe diventano elaborate, complesse. Alcune vanno in diagonale, altre sono in perpendicolare tra di loro, fanno delle curve, delle esse, dei quadrati, altre sono dei semplici scarabocchi, ma sempre ben precisi; poi alcune sono gialle, altre rosse, blu, sfavillano, si alternano, si muovono...

Ma cosa sta succedendo?

Ma cosa sta succedendo là sotto?

Mi sveglio!

E poi...?

E poi non so perché; no! non so proprio perché, non capisco come mai, ma mi sento sempre fuori posto.

Anche nei sogni.

Sì, io sono sempre fuori posto.

Il fatto è che non so nemmeno se questo sia solo un modo di percepirmi o se invece sia qualche cosa che corrisponde alla mia realtà effettiva. Ho veramente molta difficoltà a capirci qualcosa.

L'altro giorno ho anche chiesto ad un'amica, così almeno credevo, se avesse anche lei questa impressione di me. Mi ha detto se non avevo altro a cui pensare. Le ho risposto di sì. E' un po' che non la rivedo!

In effetti tutti i giorni ho qualche cosa d'altro a cui pensare. Per esempio: qui a Parigi, dove vivo, una parte della mia giornata, una parte cospicua, la trascorro sul metrò. Ecco, io osservo attentamente le persone che viaggiano con me, tutti i giorni, perché credo abbiano qualche cosa d'importante da mostrare. Le scruto nei loro sguardi, nelle loro espressioni, persino nei loro piccoli gesti, le smorfie, le indifferenze... Cerco di entrare nei loro pensieri, perché credo realmente che quelli siano qualcosa che vale la pena di capire. Non vorrei però essere preso per uno che trova gusto nell'esagerazione, anche perché credo di aver un buon motivo per farlo.

Io sono interessato a tutto ciò che comporta vivere.

E vivere, non è certamente solo la cronaca patinata di qualche personaggio che più o meno 'conta'. Vivere, credo, sono gli atti banali di ogni giorno. Tutto qua.

Ed è per questo che solitamente mi chiedo: questa banalità, che senso ha? perché non può averne, almeno uno, questo è certo!

Perché proprio ciò che consideriamo banale, poi, a ben guardare, si dimostra essere l'atto più proprio del nostro vivere. Un vivere che, proprio perché quotidiano, non può che accadere ordinariamente, non può che avvenire nella banalità di ogni giorno dunque.

Ma qui non voglio trattare semplicemente della banalità perché di certo annoierebbe anche me, quello che voglio invece fare è raccontare una storia, una storia della quale sono stato in un certo senso testimone, e che ha influito sulla mia stessa vita: una storia che io reputo grande; fosse solo perché questa è una storia d'amore: il meglio di ciò che ci possa capitare, ne sono certo!

Ma se voglio parlare di questa grande storia non è perché voglio dimenticare la mia piccola, storia, ovvero quel: tutti i giorni. Non voglio perdere assolutamente quella povera dimora dove anche le grandi storie abitano: il nostro piccolo e banale quotidiano: gli sguardi assenti del metrò, per esempio. Anche questi, seppur non sembrerebbe, hanno la loro grandezza; proprio perché sono ciò che ci riguarda. Ci riguarda, e in prima persona!

Di tutto ciò io ne sono completamente convinto. Quello che solo mi manca, è la certezza! E' anche per questo che ne vorrei parlare, perché ho l'impressione, e non vorrei che fosse solo la mia, che in quegli sguardi ci siano un po' anche i nostri sguardi, e che quelle grandi storie, siano in fondo molto simili anche alle nostre piccole, storie.

*

La grande, la grande storia, quella invece inizia così:

*Maria!*

*Ora fuggo!*

*Fuggo per fuggire alla guerra*

*ma lei è più veloce, so che prima o poi mi raggiungerà! Lei e la sua Morte.*

*Ma adesso intanto scappo, finché posso scappare, e non biasimarmi, un giorno capirai, ora puoi solo comprendermi: non scappo da te, ma da tutto ciò che odio.*

*Ti amo, e così scappo.*

*Fuggo, Fuggo. Questa parola mi riempie il cuore. Fuggire mi pare ancora l'unico atto d'amore possibile. Ora.*

*Perdonami per questo strano modo di stare con te. Tu: la mia poetessa preferita!*

*Tu, i cui silenzi sono stati le liriche più strazianti che abbia ascoltato...*

*E poi: i ricordi. Quanto saziano i ricordi. Questo è quello che mi porto dietro, nient'altro: i ricordi mi basteranno! Sapranno curarmi dalla disperazione, e ridarmi quella vita che potrei perdere. Certo, i ricordi non sono la cosa migliore. Hanno con sé sempre anche un po' il cattivo odore della malinconia. Ma saprò ben conservarli! L'unica cosa di cui mi rammarico è che tu non possa vedermi alle spalle, mentre fuggo. Solo questo. Il volto non regge mai alla vergogna. Per fuggire ci vuole anche tanta codardia: solo una strana forma di coraggio. Nient'altro.*

*Ricordami solo per quello che avrei potuto essere, non per quello che sono stato.*

*Ricordami solo perché ti ho voluto bene, ma ricordami. Ora scappo...*

*con te nel cuore...*

*...Josef*

Lui era un tenente granatiere della *Wehrmacht* quando nel 44 dopo la rottura del fronte a Cassino aveva scelto la diserzione. Allora erano ancora pochi i tedeschi che non fossero certi che quello che stavano facendo era ancora la cosa migliore. Josef si toglieva da quel quasi tutti. Lui sull'argomento aveva seri dubbi; dubbi che anche lo inquietavano.

All'età in cui avrebbe dovuto iniziare il ginnasio l'intera famiglia si era trasferita da Milano a Monaco. Suo padre, un ricco imprenditore bavarese, l'aveva a suo dire riportato a casa. Ma fu anche questa origine a facilitarlo sulle colline del lucchese, quando decise appunto di unirsi alle brigate partigiane. Una scelta che Josef aveva maturato presso i frati della comunità monastica dove era stato cristianamente accolto; accolto assieme a tanti altri di coloro che in quei tempi tristi dovevano fuggire da qualcosa. Fu anche per questa disponibilità che essi, i frati, pagarono duramente. Josef, assieme ad altri, era nascosto nel monastero quando i suoi connazionali vennero a deportare le future vittime di un eccidio, tra i quali appunto diversi certosini.

In quel preciso momento egli capì chiaramente dove si collocava il male, e senza esitazioni andò alla ricerca dei partigiani per unirsi a loro, per lottare finalmente dalla parte giusta. Con questi Josef partecipò a diverse azioni di guerriglia, ma era ormai nuovamente perplesso quando ferito venne ricoverato in un ospedale di campo nei pressi di Lucca. Perplesso in riguardo a considerare i partigiani sempre nel giusto, dato che aveva assistito a sanguinose e atroci esecuzioni, le quali non trovavano altra giustificazione che nel... nel risentimento e nell'odio.

A Farneta invece, dai frati, egli aveva conosciuto anche la carità e la misericordia.

Era forse per questo che conveniva battersi?

Questa domanda era ciò che occupava il suo pensiero in quei tempi, e l'occupò fino a quando vi rispose. E ciò non avvenne a parole, ma bensì con quello che egli diventò. Una domanda quindi che aveva avuto il suo peso, quella; e lo aveva avuto principalmente quando scrisse a Maria, quando scrisse quella lettera d'addio, con la quale denunciava la sua ennesima sconfitta, ossia la sua costante necessità di non poter perdurare in nulla che non fosse qualcosa di veramente eterno.

L'amore di Maria era per lui probabilmente troppo umano, troppo imprevedibile, troppo rischioso? Certo, ai suoi occhi che dovevano reggere lo sguardo delle brutalità della guerra, un attimo di affetto doveva sicuramente risultare troppo fragile per non venir travolto dai rancori così chiari, evidenti, ma soprattutto persistenti del suo tempo. Perché questa gli sembrava l'unica cosa veramente stabile, allora. Sia da una parte che dall'altra degli schieramenti che l'avevano visto coinvolto, l'odio era l'unica cosa stabile. Ma di un'altra cosa lui aveva constatato la stabilità. Questa era la carità e la misericordia, fino al punto del sacrificio, quello dei frati dell'abbazia di Farneta. E fu questa stabilità che lui scelse, e non certo quella che in quei tempi non seppe vedere, quella dell'amore di Maria.

### *Dal diario di Maria 19/02/1945*

*Ho conosciuto una nuvola*
*l'ho riconosciuta tra le tante,*
*era bella, leggera, soffice,*
*ma soprattutto era candida.*

*Aveva solcato cieli impervi e sconosciuti,*
*sconosciuti anche a se stessa,*
*e  si era… molto ammalata.*

*Col mio amore la volevo curare.*
*Ho cercato di curarla,*
*col mio amore.*

*Non so quanto fosse guarita, quando il vento è tornato.*

*Ora non è più qui con me,*
*è andata via, è nel cielo!*


*Lei è tornata nel cielo,*
*col mio amore.*


Maria dopo la guerra era ritornata nel *Sertão brasileiro*. Qui con sua sorella aveva iniziato a gestire un piccolo ristorantino, nel quale assieme ad alcuni suoi amici musicisti a un certo orario della sera cantava.

La guerra invece... la guerra quella l'aveva profondamente segnata!

Partita quasi per gioco come infermiera volontaria al seguito del contingente brasiliano stanziato in Centro Italia, avrebbe ben presto capito che lì, qualsiasi fosse stato l'esito, nessuno avrebbe potuto veramente vincere. Che la guerra non era quindi un gioco lo intuì piuttosto in fretta, assieme agli arti mutilati, alle urla strazianti, alla disperazione che ogni giorno, senza sosta, entravano nella sua tenda, quella dell'ospedale da campo.

Maria era abbastanza alta, aveva i capelli scuri, e la sua pelle era lievemente olivastra; inoltre aveva una voce dolce e morbida. Quando cantava raggiungeva l'apice del suo fascino, ma non solo per la dolcezza della sua voce, ma perché questa fluiva assieme a dei lievi scoppiettii, delle lievi rotture. Pertanto quando questi improvvisi scarti si producevano, anche il tono subiva delle alterazioni, facendo sì che le sue parole si ritrovassero dense d'emozione. Ma questa cosa non avveniva solo quando Maria cantava, perché ciò era per lei qualcosa di spontaneo, quasi fosse una leggera balbuzie. Il suo fascino, quindi, del tutto naturale!

L'esperienza della guerra, seppure nella sua tragicità, non le aveva comunque tolto lo smalto. Maria continuava ad essere una donna che si rivolgeva alla vita con fiducia. Gli altri, per lei, erano sempre da disturbare. Non smetteva mai di chiedere a tutti come stessero, come vivevano, quali fossero i loro problemi, se erano contenti...

Inoltre metteva il basilico dappertutto. Il basilico era la sua ossessione. Si dice che questa mania se la fosse portata dall'Italia, ma lei non disse mai nulla in proposito.

Quando per caso le si chiedeva:

– Maria, perché hai  messo quest'erbaccia nella carne, nella zuppa, nel riso, nel bouquet di fiori...

Lei candidamente rispondeva:

– Perché preserva l'anima dalle malattie – e ne era convinta! e poi rideva.

Che l'anima potesse ammalarsi era una delle sue più afferrate convinzioni. Si potrebbe anche dire: l'unica vera e profonda convinzione, anche perché in tutte le altre cose, era sempre un po' vaga.

Maria trascorreva molto tempo assieme ai tegamini, ma non per preparare piatti prelibati, bensì per fare delle cose che avessero fatto bene a quel particolar organo umano, così controverso, così ineffabile. Pertanto quando preparava una zuppa, lei, non si preoccupava se potesse o meno essere gradevole al palato. Lei si concentrava piuttosto sulle regole di preparazione, che erano particolari e molto personalizzate, frutto di chissà quali considerazioni. Le patate ad esempio dovevano essere rotte, pressandole, e non andavano mai tagliate; l'aglio, invece, doveva essere fatto girare sopra la testa all'interno di una calza di seta prima di essere messo nella casseruola. Maria aveva tutta una sorta di rituali da svolgere quando cucinava. Sua sorella per un po' l'aveva seguita, ma poi non ce l'aveva più fatta. Maria diceva che quello era l'unico modo per fare qualche cosa di buono. Poi però quando qualcuno le diceva che tutte quelle cose non cambiavano per nulla il sapore dei suoi piatti, lei diceva che avevano ragione, anzi, diceva pure che tutto quello che lei faceva era proprio inutile, ma dato che l'anima non esiste, così diceva, l'unico modo per curarsene era proprio quello di fare qualcosa che non serve a nulla.

E la gente fluiva copiosa nel suo locale, come si è ben capito, e non tanto per la prelibatezza dei suoi piatti.

*

Oggi devo raggiungere il mio capo a *Saint-Denis*, presso lo Stadio. Come al solito ci vediamo in qualche locale. Oggi andremo a pranzo assieme, e intanto che mangeremo gli racconterò di quello che ho potuto leggere durante la mattinata. Lui è un famoso giornalista, e il mio mestiere è di risparmiargli l'onere di doversi leggere da sé gli articoli di parecchi quotidiani, soprattutto quelli esteri. Pertanto quasi ogni giorno lo raggiungo in un luogo diverso, perché in genere lui presenzia a tutti gli eventi di un certo rilievo… qui a Parigi. Oggi dovrò andare col metrò fino a *Place de Clichy*, poi dovrò cambiare linea, e con la 13 raggiungere il luogo dell'incontro.

Come dicevo prima, il metrò m'incuriosisce parecchio. E' lì che ho trovato una strana   essenza: la possibilità di un incontro: ma quale?

Viaggiare, guardarsi, stare in silenzio. Il viaggio è un'attesa, un'attesa che darà certamente i suoi frutti, ti porterà dove vuoi, ma di tutta quella gente che hai incontrato, non rimarrà nulla, forse non l'hai mai nemmeno incontrata!

E' questo sfuggire che mi deprime, ma anche allo stesso tempo che m'entusiasma.   Perdere questa seconda parte è la mia preoccupazione. Ho paura di non riuscire più ad accogliere ciò che c'è di meraviglioso nell'incontro, e di farmi avvolgere dallo sconforto della sua continua dissoluzione. Ho paura di non riuscire più a scorgere quel nuovo, quello dei mille nuovi volti che costantemente entrano per la medesima porta dalla quale qualcun altro è appena uscito. Ho paura che la curiosità mi abbandoni. Ho paura che tutto diventi uguale e indifferente.

Oggi la carrozza è abbastanza vuota. Di fronte ho una grande massa d'uomo, la sua faccia: un abbozzo di scultura strappata ad una pietra porosa. Tace ed ascolta. Al mio fianco due donne chiacchierano.

Nessuno di solito sorride mai sul metrò, e questo è normale, quello che invece è strano è che mai nessuno ritiene di doverlo fare, o meglio, non si sa perché lo si dovrebbe fare, e quando per sbaglio qualcuno lo fa, in genere è perché non si è accorto di essere lì, sul metrò.

*

Neanche il restauratore sulle prime si era accorto del plico di lettere ben celate nell'intercapedine della scrivania: quella scrivania che avrebbe dovuto appunto sistemare. Questo è quanto mi aveva detto il *bouquiniste*, presso il quale le avevo, ad un prezzo ragionevole, acquistate.

"Una scrivania in rovere massiccio, piuttosto austera, ma dalla linee armoniche, seppur semplici. "

La definizione il *bouquiniste* se l'era appuntata su un foglietto, a prova della veridicità di quanto sarebbe andato ad affermare quando avrebbe trovato per quelle lettere un possibile acquirente. I *bouquinistes* conoscono più di ogni altro il valore seduttivo dei racconti, soprattutto se verosimili, soprattutto se aperti ad una verità, o un tesoro, da scoprire. Tutto sommato penso che quella potesse però anche esserla, la verità.

Tutte quelle lettere erano state affrancate e timbrate in Brasile. Da lì quindi spedite. Ma se neppure una busta era simile all'altra: una rossa, una gialla, una più grande, l'altra più stretta... e anche le frasi di chiusura erano quasi sempre diverse: con affetto... non ti dimenticherò ... ti abbraccio... la cosa che non cambiava mai era il nome che le terminava, il nome Maria.

Per tre giorni mentii a Jean-Pierre, il mio datore di lavoro, dicendogli di essere malato, ma in verità non riuscivo a staccarmi dalla lettura e rilettura di quelle lettere. Ma più le leggevo, e meno ci capivo, nel senso che riuscivo a cogliere la presenza di qualcosa di vero, ma solo quella.

Quando mi presentai da Jean-Pierre nei giorni seguenti mi disse:

– Sei sicuro di essere veramente guarito? Quelle lettere mi avevano un po' stregato!

E fu proprio a partire da quel momento che lui iniziò a lamentarsi dei resoconti che quotidianamente gli facevo. Potrei dire che in generale Jean-Pierre mi rimproverasse di non ordinare bene le mie osservazioni, ma anche di non riportargli gli avvenimenti centrali o comunque di dilungarmi troppo su aspetti secondari e senza alcun valore giornalistico, ovvero come diceva: "niente d'importante!"

Ebbi una forte discussione un giorno.

Mi ricordo ancora molto bene l'intensa luce della veranda in cui eravamo seduti. Era anche la prima e bella luce primaverile, dopo tante giornate fredde e sempre cupe.

Lui mi disse chiaro e tondo che il suo successo era dovuto al fatto che la gente lo leggeva. E la gente lo leggeva perché lui diceva quello che la gente voleva leggere. Semplice no?

– Ora – mi disse – tu non puoi mettere in questione ogni cosa, non puoi sempre dubitare di tutto. La gente vuole le cose chiare, vuole che tu gli confezioni delle certezze. Io sono arrivato dove sono perché è questo che ho sempre fatto. Se anche tu vorrai fare un po' di strada in questo campo, credimi, impara a confezionare qualche idea chiara! Non porti troppo la questione di dover far corrispondere ciò che dici con quello che è, di farlo corrispondere troppo con quello che le cose sono, altrimenti sei perduto! Tu dille e basta!

Dille semplicemente come qualcosa di vero. Intanto tu non credere che i lettori siano stupidi. Lo sanno bene anche loro che la verità non ce l'ha nessuno. Ma questo non è importante per essere un buon giornalista. Quello che importa è che tu faccia invece capire al lettore che lui, se del tal o tal'altro argomento vorrà capirci qualcosa, non potrà farlo che partendo da quello che tu gli stai dicendo, e nient'altro. E' per questo che gli devi portare qualcosa di finito, di concluso! Un giornalista è anch'egli come un operaio: deve produrre qualche cosa che valga, deve realizzare un prodotto finito, altrimenti nessuno lo compra! Sappi che la gente non ha proprio voglia di arrovellarsi il cervello per nulla. Certo anche a me piacerebbe un mondo dove tutti non lo dicessero solo, di ragionare con la propria testa. Ma la verità è che non è così, perché oggi come oggi pensare è principalmente sinonimo di preoccupazione, e chi compera un giornale non lo fa per divenire più preoccupato di quanto era prima, più depresso, ma per sapere ad esempio se domani uscendo deve portarsi l'ombrello per la pioggia, se farà freddo o caldo, se deve aspettarsi intasamenti del traffico, se c'è lo sciopero... cosa daranno in tv... e tutte quelle altre cose che conosci benissimo anche tu: chi si sposerà, chi è morto, chi verrà eletto... In una parola il lettore vuole l'informazione, non la preoccupazione, e quella è sempre e solamente una, dato che domani non potrà fare sia freddo che caldo, ma bensì quello che dirai tu. Se poi avrai sbagliato, quello non è molto importante, dato che si sa che il tempo non lo si può prevedere al cento per cento. Tu quello che dovevi fare, e che si voleva da te, l'hai fatto, e per ciò la gente te ne sarà grata, questo te lo posso garantire.

Questo era il mio capo, con un se stesso strabordante, ai limiti dell'invadenza (sempre supponendo che quest'ultima sia in grado di sapere cosa siano i limiti).

Le lettere di Maria invece mi avevano lasciato un vuoto.

Chi era l'uomo a cui erano rivolte?

In certi momenti quando ero stato assorto nella lettura mi sembravano persino rivolte a me. Di certo era qualcuno a cui lei si rivolgeva con estrema delicatezza. Di certo avrei desiderato essere io il destinatario di quelle lettere.

*

Un fatto casuale, un colpo del destino, un giorno trovai nel bel mezzo delle strisce pedonali di una stradina il passaporto di una certa Maria Arlete Negrão, cittadina brasiliana, nata, e questa è la singolarità, il mio stesso giorno del mese, ma solo alcuni anni dopo. Questa donna non era certo la Maria delle mie lettere, ma quando per curiosità andai a vedere sulla cartina geografica il luogo da cui veniva, mi accorsi con gran stupore che questo era un paese non troppo distante da dove anche le lettere di Maria erano state spedite.

I giorni seguenti portai il passaporto all'ufficio di polizia, e dopo aver raccontato agli agenti delle date di nascita, impiegai questa strana coincidenza del destino come pretesto per chiedere se potevo lasciare nel libretto un appunto con il mio indirizzo, e col quale chiedevo a Maria Arlete di potermi contattare, perché avrei avuto bisogno di alcune informazioni riguardanti il suo paese. Non scorgendo difficoltà particolari, gli agenti acconsentirono.

Al tempo non sapevo ancora chi fosse Maria, ma dalle sue lettere, anche se piuttosto scarne di notizie, si potevano trarre alcuni indizi: forse con un po' di fortuna avrei potuto rintracciarla. Sulla cartina geografica avevo poi anche visto che la zona di provenienza della Maria del passaporto non era densamente popolata; si trattava di piccoli paesi, o comunque non troppo grandi.

Passarono diversi giorni, poi una sera piuttosto sul tardi e dopo circa un mese che avevo consegnato il documento, finalmente ricevetti una telefonata: era lei, l'Arlete, la quale con una vocina stridula e con un francese piuttosto approssimativo innanzitutto mi ringraziava, e poi mi disse che sarebbe stata contenta di potermi incontrare, magari per vedere se poteva in qualche modo sdebitarsi.

Quando c'incontrammo mi disse che era da poco a Parigi, e che aveva avuto la possibilità di venirci grazie ad una borsa di studio che il suo paese le aveva messo a disposizione per degli studi relativi alla salvaguardia degli ecosistemi biologici. Non sapeva neppure lei come avesse fatto a perdere il prezioso passaporto, ma quello che sapeva, ed è quella la cosa che per me era più importante, era che conosceva Maria, o meglio, non l'aveva conosciuta di persona, ma aveva conosciuto la nipote di sua sorella, con la quale erano andate al liceo assieme e che le aveva più di una volta raccontato di questa sua parente alla quale era molto affezionata. Seppi anche con grande tristezza che da alcuni anni Maria era morta e che anche il suo ristorante ormai non esisteva più. Fu a quel punto che le spiegai di essere in possesso delle lettere e che avrei avuto molto piacere di poter contattare qualche parente di Maria.

L'Arlete era una bella ragazza, parlando si dimostrò attenta e simpatica; decidemmo di bere qualche cosa assieme, anche per onorare il fatto di possedere la stessa data di nascita. Alla fine mi disse che da lì a poco sarebbe tornata per un paio di settimane in Brasile, e che se volevo avrebbe cercato di contattare la sua ex compagna di liceo, per vedere di potermi mettere in relazione con i parenti di Maria. Le fui molto grato.

Tutto andò per il verso migliore. Difatti quando tornò, quasi subito ci rivedemmo. La prima cosa che mi disse fu che avrei dovuto contattare la madre della sua amica che era a sua volta nipote di Maria, la quale, quando la vide e le raccontò che ero in possesso delle lettere scritte da sua zia, le disse che avrebbe avuto molto piacere di poter fare la mia conoscenza.

A quel tempo non potevo affrontare un viaggio in Brasile, non solo per motivi economici, ma anche perché Jean-Pierre non me l'avrebbe mai permesso. E poi perché avrei dovuto? Pertanto, avuto l'indirizzo, le scrissi. La risposta fu sensazionale: Dora, così si chiamava, possedeva anche tutta la corrispondenza di sua zia, e in particolare tutte le lettere inviatele da Josef. Le erano state affidate con la promessa di custodirle con cura, ma anche di non leggerle se non dopo la sua morte, così come di mantenere i loro contenuti riservati, anche perché questi avrebbero potuto creare problemi a chi le aveva scritte.

Ella mi disse che Josef era un uomo eccezionale. Io le dissi che Maria era una donna straordinaria.

Ci riconoscemmo entrambi testimoni di qualche cosa d'importante. Entrambi avevamo la medesima sensazione, ossia ci rendevamo conto di essere stati in un certo senso coinvolti in qualche cosa d'importante... forse... per la vita stessa! Avevamo entrambi la medesima sensazione. Attraverso quelle lettere non veniva a galla semplicemente la storia d'amore di un uomo e una donna, ma bensì la storia di un uomo e di una donna che avevano fatto del loro amore il senso della loro vita. E tutto ciò stava aiutandoci a comprendere meglio anche la nostra, storia, la nostra, vita. Era qualche cosa di veramente straordinario, senza dubbio. Il bello è che di questa storia io ne possedevo un pezzo, Dora l'altro. In un certo senso anch'io come Josef possedevo solo un pezzo, solo la metà di quella mappa, che mi avrebbe forse permesso di raggiungere il tesoro. E del resto anche Dora, come a suo tempo la stessa Maria, anche lei era nelle mie medesime condizioni.

Era come se si fosse riprodotto quel desiderio di capire e di comprendere il mondo attraverso ciò che a noi manca: l'altro. Si stava probabilmente riproducendo quello che era successo a Maria e Josef. E questa comprensione, come poi avrei capito, doveva essere un'accurata ricostruzione di quella mappa, ossia il continuo impegno nel posizionare e riposizionare i suoi frammenti. Un impegno che doveva quindi per forza anche essere assiduo, coinvolgente, un impegno che per forza doveva anche essere un atto d'amore.

Dora mi disse che dopo aver letto le lettere di Josef fu fortemente invasa dalla necessità di sapere quello che Maria aveva scritto. Lei aveva conosciuto abbastanza bene sua zia; in fondo era stata cresciuta con le sue zuppe e il suo basilico, ma non si sarebbe mai immaginata che avesse potuto intrattenere una relazione di quel genere, e anche così per lungo tempo, e senza che nessuno in pratica lo sapesse. Forse era anche per quello che Maria non si era mai sposata, aveva pensato.

Entrambi eravamo dunque desiderosi di poter leggere le lettere possedute dall'altro, ma c'erano alcuni problemi. Il primo era dovuto al fatto che comunque Dora doveva rispettare gli impegni di segretezza che Maria le aveva richiesto, e poi in effetti, chi avrebbe fatto il primo passo nell'inviare le lettere?

Ci accordammo così su alcuni punti. Stabilimmo che ci saremmo inviati le lettere, non tutte assieme, ma bensì nello stesso ordine in cui erano state inviate dai loro autori.

Pertanto dato che era lei in possesso della lettera con la data più vecchia, sarebbe stata lei a fare il primo invio, dopodiché sarebbe seguito il mio, e così via via per tutte le altre.

*

Ancora sul metrò, linea 6. Questa volta devo raggiungere Jean-Pierre presso la *Gare Montparnasse*. Arriverà con il treno, lui. Non ho trovato granché da dirgli sulla stampa di oggi, gliel'ho detto, ma lui vuole vedermi ugualmente.

La carrozza sobbalza, sballotta, avverto i soliti e fastidiosi striduli prodotti dal frizionamento delle ruote sui binari. E' un rumore caratteristico su queste vecchie linee non ancora attrezzate con i più efficaci e meno rumorosi treni 'a ruote gommate'. Questi striduli, dopo un po' non si avvertono quasi più, diventando qualcosa di familiare, talmente familiare che s'inizia ad apprezzare le sue dissonanze. Queste accompagnano il viaggio per gran parte del tragitto, soprattutto quando il treno curva o rallenta. Sono come una nenia che sulle prime può sembrare stupida ed insensata, ma poi, nella continuità, inizia ad infonderti benessere e un senso di protezione. Questo vale anche per quello strano muggito meccanico che ogni volta  avverte che si stanno per chiudere le porte: "ghuuu!" Anche questo con il tempo diviene qualche cosa di necessario, tant'è che quando qualche musicista entra nella carrozza, forse anche per tentare d'infondere un po' di vanagioia ai poveri viaggiatori, con il suo violino, la sua fisarmonica, o anche solo cantando, si fa sulle prime veramente fatica a sopportarlo, dato che interrompe quella consueta cacofonia che però ormai si è imparato ad apprezzare, malgrado il suo disgusto. Ma poi ci si abitua anche al musicista, questo almeno per quelle due o tre fermate che resterà in carrozza, prima di passare tra i viaggiatori cercando di raccogliere qualche monetina. *Pour les musiciens...* alcuni diranno, prima di andare ad infliggere il loro scarno e logoro repertorio su qualche altra carrozza.

Questa mattina di fronte ho una donna mussulmana, abbigliata tradizionalmente, con un velo scuro. Il viso è però scoperto. Ci sono pochi viaggiatori a quest'ora. Tra le 10.30 e le 11.30 della mattina i flussi si attenuano in modo apprezzabile. Questo breve lasso di tempo sembra quasi dovuto ad una strana magia, se si confronta all'andirivieni di persone che salgono e scendono, che cercano faticosamente di non urtarsi, transitando nelle gallerie d'accesso ai treni, sì, quell'andirivieni che poteva esserci solo mezz'ora fa!

Anche questa mattina la magia si è prodotta: siamo nella norma.

Il suo viso è cupo, l'espressione sofferta. Mi guarda.

Il capo è leggermente reclinato in avanti. Mi guarda con disprezzo.

Io non credo di averle fatto nulla, anzi, quasi non la guardo nemmeno. Ma mi accorgo che lei continua a guardarmi; e in più non muove mai la testa.

Io invece continuo a muovermi, continuo a cambiare postura sul seggiolino, in modo da poter passare su di lei solo il mio sguardo furtivo. Cerco di non farmi accorgere, cerco di non farle capire che anch'io la sto osservando. Ma se io non capisco per nulla il motivo del suo continuo guardarmi in quel modo, ho l'impressione che lei invece lo sappia molto bene.

A quel punto anch'io mi fermo, anch'io la guardo, e vedo nei suoi occhi la morte. C'è della morte nel suo sguardo. E' solo un attimo, ma l'associazione di quella donna con le donne kamikaze islamiche mi viene spontanea.

La paura mi assale.

Tutto avviene in un attimo, ma non appena le porte della vettura si aprono, scendo senza esitazione, seppur non era la mia fermata.

Nel respiro la vita mi ritorna, so che mi sono comportato irrazionalmente, che sicuramente quella non era una donna kamikaze, che avrei potuto rimanere ancora su quella carrozza, che… chissà poi cosa aveva veramente in testa quella, e che tutto era senza dubbio nient'altro che una suggestione. Ma così ho fatto, e senza pentirmene, quella mattina.

Ma ecco… finalmente è arrivata: era un po' che l'aspettavo!


## I<sup>a</sup> *Lettera di Josef*

*Cara Maria, spero che questa lettera ti giunga.*

*Ho bisogno di te. Ora più che mai. No, ora come sempre!*

*Da quella mattina che scappai mi sono chiesto infinite volte da cosa veramente stavo fuggendo. Non ho ancora trovato la risposta, anche se comunque ho ben chiaro*

*da cosa non fuggivo: da te.*

*E' vero, io non ti ho mai lasciata. Tu puoi dubitarlo, ma solo quello!*

*Maria: non lo puoi credere.*

*Maria: io devo lasciarti ancora una volta.*

*E' per questo che ho bisogno ancora delle tue cure. Ne ho bisogno perché ora non devo abbandonare solo delle ferite, ma devo abbandonare anche il tuo pensiero, per poter accogliere completamente in me il pensiero di*

*Dio. Ma so che non ne sarò capace se tu non mi aiuterai.*

*Sai, alla fine della guerra quando tornai a casa ero disperato. La mia Terra era divenuta un luogo di fantasmi. Quando camminavo per le strade avevo l'impressione che i miei piedi affondassero nella nebbia. La gente mi osservava con diffidenza, ma non per paura di me, bensì per paura di se stessa. Le persone non sapevano più riconoscersi, in modo tale che non sapevano più nemmeno riconoscere nessun altro. Ho vissuto un momento veramente terribile, forse ancor più di quello della guerra stessa, dato che lì, anche se solo per alcuni momenti, sapevo chi era il nemico.*

*Neppure io del resto sapevo riconoscere le persone che conoscevo benissimo.*

*Chi eravamo, cosa eravamo stati? Il dubbio che potessimo essere stati quello che nessun uomo può immaginarsi di essere, era veramente atroce.*

*Ogni uomo ha necessità di credersi uomo per poter vivere. L'umanità è imprescindibile. Ma noi tedeschi avremmo potuto anche essere stati dei mostri, e questo non potevo nemmeno concepirlo. Io forse più di altri avrei avuto l'alibi dell'umanità. Forse anche perché più di altri avevo avuto dei dubbi su quello che facevo. Ma questo non mi metteva al riparo da nulla, anche perché alla fine piuttosto che perseguire fino in fondo ciò che era giusto, avevo anch'io preferito scegliere la verità inspiegabile che ci lega alla terra; avevo scelto ciò che ritenevo mio: la mia terra. Pertanto non potevo che ritenermi anch'io un tedesco come tutti gli altri: un uomo ritornato a casa, alla sua terra, con la sua gente. Ma io ero ormai un altro, un uomo enormemente invecchiato dal peso degli orrori a cui avevo assistito, a cui avevo partecipato, e forse anche per questo ero ormai divenuto un altro uomo, un uomo che si apprestava ad emettere dalle sue ceneri nuovi germogli.*

*Ora questi virgulti sono giunti a maturazione. Tra un mese entrerò come novizio presso il monastero di [...], e ne sono convinto.*

*Spero che tu  invece ti sia dimenticata di me, come anche che abbia potuto avere altri amori, e magari ti sia anche sposata con l'uomo che hai più amato, e con il quale forse hai avuto anche dei figli...*

*Lo spero ma ti confesso: senza desiderarlo! E' per questo che oggi ti chiedo di aiutarmi, perché  Dio mi vuole desideroso solo di Lui.*

*Attendo con ansia le tue cure, perché mi auguro che tu possa aver compreso.*


*Con affetto Josef*


Assieme alla missiva c'era anche un foglietto con il quale Dora mi ripeteva che quella lettera era solo per me, e che non dovevo in alcun modo divulgarla, anche perché non si sapeva se Josef fosse ancora in vita. E poi aggiungeva una domanda: che strano uomo questo Josef, non ti pare?

In effetti un po' strano lo era: un uomo che chiede alla donna che non sembrerebbe aver smesso di amare di aiutarlo a dimenticarla, mi sembrava anche un po' folle. Folle d'amore: affetto da quella particolare distorsione mentale che non permette più di comprendere ciò che è fattibile o meno, e che in genere solo l'amore sa produrre. In fondo mi sembrava quindi solo un po' strano.

Ma non è tutto: perché Dio lo avrebbe voluto "desideroso solo di Lui?" Non certo per semplificare le cose!

Tutto sommato però quella lettera mi appariva quasi innocente. Tutto quanto veniva espresso non era nient'altro che quello che era. Nessun gioco di parole, nessun artifizio retorico, nessun fine diverso da ciò che le parole chiedevano. Con estrema genuinità, più che ingenuità, quell'uomo domandava semplicemente quello di cui aveva bisogno.

E perché non farlo?

### Iᵃ  *Lettera di Maria*

*Caro Josef, saperti vivo già mi conforta, anzi, mi rende estremamente felice.*

*Questo non toglie che già lo sapessi.*

*Un giorno un uccellino bianco come le nubi del cielo si è posato sulla mia tavola. Ha fatto alcuni passetti, ha mosso la piccola testa con il suo piccolo becco giallo: una, due, tre volte; mi ha guardato, poi ha girato nuovamente la testa, ha fatto ancora due balzi, e con un colpo d'ali è salito sul mio vaso di basilico. Ha mosso ancora alcune volte la testa, ha osservato i piccoli fiorellini azzurri, e poi di nuovo mi ha guardato. A quel punto ho allungato la mano, come per cercare di accarezzarlo, ma lui è volato via.*

*Ho capito che eri tu, e che eri ancora vivo, e chissà in quale parte del mondo!*

*Ho aspettato sin dal giorno che fuggisti tue notizie, ora mi sono arrivate, e non ti dico quanto sia felice!*

*Cosa fai? dove vivi? con chi vivi? Vorrei sapere molte cose.*

*Quello che però mi dici nella tua lettera, scusa, non lo comprendo: come potrei aiutarti a dimenticarmi? Ma che dio è quello che chiede di dimenticarsi delle persone a cui si vuole bene?*

*No, io non credo che questo dio esista!*

*Un dio può chiedere ad un uomo ogni genere di sacrificio, e per questo sono d'accordo, ma non può chiedergli l'anima, altrimenti questi non è un dio, bensì un demone!*

*Scusa i miei toni, ma è quello che penso.*

*Io poi non mi sono mai sposata, non ho mai avuto figli... ma non perché non lo volessi o perché non abbia mai avuto un uomo d'amare, è perché quando si vuole amare l'uomo, e non semplicemente un uomo, non se ne può amare uno solo.*

*La mia, a diversità della tua, la mia consacrazione come avrai capito è già avvenuta. Questo sì posso dirlo. Spero che possa servirti per la tua scelta, lo spero sinceramente.*

*D'altra parte Josef tu sei stato, per me, molto importante!*

*E' con te che ho capito come prendermi cura degli uomini, e non solo dei loro corpi.*

*Tu hai avuto il coraggio di mostrarmi ciò che un uomo è nella sua totalità... Non mi hai mai nascosto nulla della tua umanità, della tua intelligenza, così come della tua fragilità. Questo mi è stato di grande aiuto per quello che oggi considero il mio vero lavoro, la mia vera missione.*

*Spero quindi che tu non mi possa mai dimenticare, anche se sembrerebbe questo ciò che il tuo dio ti chiede, perché non è giusto che tu per trovare lui, debba abbandonare quello che sei.*

*Io comunque la mia anima la voglio! Io non ti dimenticherò!*

*Maria*


Dei segni, strani segni. Sempre si cercano dei segni, qualche cosa che è, che è stato, qualche cosa che non sapevamo, che ci sorprenderà.

Sempre si vuole lasciare dei segni, che ci mostrino di esistere, di essere esistiti. A volte sono solo un saluto fuori luogo, altre un vetro rotto, un graffio… oppure un lavoro ben fatto, il bisogno di essere amati… A volte i segni non si distinguono dalle persone, perché a volte le persone sono anch'esse dei segni.


Ancora cinque fermate e sono arrivato.


Mille facce anche oggi, mille facce mai viste. Mille facce che non rivedrò mai più. Mille facce: uguali e diverse.

Una ragazza si tocca i capelli, l'altra il polso; quello là in fondo starnutisce.

Il signore là in piedi scruta meticolosamente le offerte commerciali dell'ultima pagina.

Costei qui di fronte ha i capelli completamente grigi; l'altro, il giovanotto che è là, solo un po' unti.

Un grande uomo, nel senso di alto, si gira sornionamente;

quell'altro là, per strattonarlo meglio, riposiziona la sua mano sul maniglione.

La donna che ho vicino, questa donna così magrissima, rovista invece nella sua borsa di plastica trasparente, poi apre un astuccio, anch'esso trasparente.

Incredibile! cosa avrà poi da nascondere con tutta questa trasparenza?

Un vecchio arabo là in fondo si frega il naso. Solo prurito.

Ecco, ora una donna di colore entra con un passeggino. Il suo corpo abbonda copiosamente da tutte le parti. Rassicurante.

Una giovane ragazza indiana, lì vicino, la guarda; guarda anche dentro il passeggino dove c'è un bambinello paffuto che sta sbadigliando. Poi rivolge lo sguardo al suo ragazzo, gli sorride. Lui ricambia compiacente.

Con questi ammiccamenti la specie umana sa di essere al riparo dall'estinzione!

E ancora: un'altra ragazza, impressionantemente pallida e con dei lunghissimi capelli docilmente biondi dice ad una sua amica: " Due stanze mi basterebbero! "

Per che cosa gli basterebbero? mi chiedo nel scendere dalla vettura.

Sono arrivato.

Il megafono avverte che la linea 7 è 'perturbata' per il grave incidente accorso ad un viaggiatore.

Certo! ci sono: le basterebbero per vivere, o forse per vivere un po' meglio!

Quella era una ragazza che di certo vuol continuare a vivere. No, non pensa a togliersi la vita per tentare di stare meglio, lei. Invece quelli che percorrono quella strada lì, sono molti. Sono molti gli annunci di gravi incidenti accorsi a viaggiatori durante l'anno. Cosa che qui edulcora solamente la parola: suicidio!

Strano a dirsi, ma spesso proprio qui realizzano il loro intento, proprio qui, nelle medesime e buie gallerie del metrò, buttandosi sotto quegli stessi treni che chissà quante volte li hanno già portati ad altre e più conosciute destinazioni. Oppure invece ricercano luoghi più simbolici, come per voler legare il proprio atto, quello conclusivo, a qualche cosa di grande, ad esempio la Tour Eiffel. Forse solo per dire: questa è la cosa più importante che abbia fatto!

Il suicidio così diviene una sorta di cerimonia conclusiva, una specie di segno dei segni: *il segno supremo*. E' come se attraverso la libera deliberazione di concluderla, la si volesse sostanzialmente riabilitare, la vita; la si volesse riscattare da tutte la sue nefandezze, da tutto ciò che si è dovuto vivere, o subire.

Del resto anch'io a volte ho l'impressione che certe condizioni di vita, considerate senza troppe esitazioni come necessarie, per esempio dover accettare a vita un lavoro precario dovendo ritenersi fortunati, spesso siano tali solo perché debbono camuffare quello che invece sono: un oltraggio alla vita!

*

Dora mi ha scritto, dicendomi che si era molto emozionata nel leggere la lettera di sua zia. La cosa che l'aveva più colpita non era però tanto ciò che Maria aveva detto a Josef, che comunque le sembrava molto più sensato di ciò che diceva quest'ultimo, ma piuttosto il ricordo di una canzone che Maria le cantava spesso quando era piccola. Una canzone che le sembrava nata proprio da quei sentimenti, quelli che man mano le si dipanavano di fronte, assieme a quelle lettere.

Le parole se le ricordava bene:

*Un fiore balla nel cielo*
*un uccellino balla con lui,*
*il fiore è azzurro l'uccellino è bianco,*
*il cielo è azzurro le nubi bianche.*

*Tutto ha colore nell'amore. Il gioco dei colori*
*è il gioco dell'amore.*
*Ogni amore ha il suo gioco e il suo ballo*
*dura sempre poco!*

*Un uccellino sorride nel cielo*
*un fiore sorride con lui,*
*l'uccellino è bianco*
*il fiore è azzurro,*
*le nubi sono bianche*
*il cielo è azzurro.*
*Tutto ha colore nell'amore.*
*Il gioco dei colori*
*è il gioco dell'amore.*
*Ogni amore ha il suo gioco*
*e il suo sorriso*
*dura sempre poco!*

*Un fiore piange nel cielo*
*l'uccellino piange con lui,*
*il fiore è azzurro*
*l'uccellino è bianco,*
*il cielo è azzurro*
*le nubi bianche.*
*Tutto ha colore nell'amore.*
*Il gioco dei colori*

*è il gioco dell'amore.*

*Ogni amore ha il suo gioco*

*e il suo pianto*

*non dura mai poco!*


Dora inoltre era contenta che il nostro progetto di scambio delle lettere funzionasse, e mi ringraziava. Inoltre m'invitava ad andare a trovarla quando avrei avuto il tempo e la possibilità.

La canzone di Maria, invece, rinforzava di più l'immagine che già mi ero fatto di lei.

Avevo l'impressione di una donna un po' *naïve*, i cui sentimenti erano legati, potrei forse dire a... qualcosa di primordiale, a degli istinti naturali o altro che gli assomigli. La canzone del resto era piuttosto semplice, ma di una semplicità che ho l'impressione si avvicini anche molto a qualcosa di essenziale, all'essenzialità. E questa si poteva avvertire subito, ma soprattutto se si confrontava tra il suo modo di esprimersi con quello di Josef. Quest'ultimo mi era invece apparso un grande costruttore, quasi fino all'eccesso, no, mi sa proprio fino all'eccesso; quasi al punto a volte di apparirmi folle, o forse anche solo un po' ridicolo. Invece Maria: semplicemente parlava di fiori... di uccellini... ma anche d'amore.

L'amore, del resto, anche quello l'ho sempre considerato un po' naif. Una parola molto buona per scrivere canzoni: di sicuro! ma forse niente di più.

L'amore è in fondo un concetto romantico. E' cosa per sentimentalisti, o si potrebbe anche dire: inattuali.

La nostra società, quella cosiddetta contemporanea, in fondo non gli reputa una grande funzione. Raramente trovo sui molti giornali che sfoglio, ma alcuni mi tocca anche leggerli, questa parola. E quando la trovo, in genere è sinonimo di frivolo, o comunque niente che abbia grande importanza. Infatti la si può trovare generalmente "nel nuovo amore" della tal vedette, sui cosiddetti giornali scandalistici, oppure come termine sottinteso di qualche atto di cronaca, in genere nera: "geloso della ex moglie uccide…" ma pure anche in quegli articoli un po' agiografici in cui si vuol mettere in evidenza la biografia di qualche personaggio importante, enfatizzando così la sua condotta morale, ossia l'aspetto di persona attaccata ai valori della famiglia, all'amore per la famiglia: "premuroso della moglie… dei figli…" e di quant'altro…

Per altro… nulla!

Di romanzi di sicuro se ne scrivono ancora, come a suo tempo si scrissero i Vangeli, quello sì, ma qui non ci togliamo ancora dall'ambito della *fiction*, ossia da qualcosa che non sembra toccare direttamente la nostra vita.

Niente di reale insomma!

Maria, invece, di sé mi offriva un'immagine di donna piuttosto semplice, questo è certo, semplice come il testo di una canzone in fondo; ma come dicevo innanzi, l'immagine della sua semplicità era tale solo perché assimilabile a qualcosa di principale, di fondamentale, come è semplice e fondamentale lo spoglio e grigio pilastro di cemento che sorregge una casa.

L'immagine che mi ero fatto del tipo di amore che lei descriveva invece, era l'immagine di qualcosa che attraverso il suo atto, o si potrebbe anche dire la sua agitazione, genera uno stato differenziale, ossia produce in noi uno stato d'animo per cui non è più possibile rimanere indifferenti nei confronti di ciò che ci accade.

Pensando alle mille facce incontrate sul metrò, ma anche alla mia faccia, quella che credo di avere anche senza l'ausilio dello specchio per gran parte della mia giornata, posso dire che questo stato differenziale non sembra le riguardi, ci riguardi, molto…

Certo lo stato differenziale datoci dell'amore è imprevedibile, turbolento, è uno stato molto rischioso; e, tutto sommato forse, come dice anche la stessa Maria nella sua canzone, le pene sono sempre superiori alle gioie, proprio perché il ballo e il sorriso durano sempre molto poco, mentre il pianto, viceversa, no! Quello dura sempre proprio molto di più.

Il pianto, la tristezza, ossia un desiderio che non coincide mai con il desiderio della persona che si tenta d'amare... E' tutto ciò il prezzo da pagare quando ci si coinvolge sentimentalmente con gli altri. E' questo, è chiaro!

Maria indubbiamente ha pagato questo prezzo, ma anche Josef.

\*

Sono salito di corsa, il convoglio era ancora fermo, stavano chiudendo già le porte quando mi ci sono intrufolato dentro, all'ultimo istante. Ero anche un po' fradicio. Eh sì che non è il primo giorno che piove... eppure anche questa mattina l'ombrello è rimasto a casa.

Lei è là.

Di fronte ho una signora anziana, poi sulla destra due uomini che bisbigliano tra loro, e poi ancora, più spostata al centro in piedi, un'altra donna che scruta attentamente sbirciando al di fuori dai suoi occhiali da miope la piantina della linea affissa immediatamente sopra la porta, la porta della carrozza. E infine: Lei!

Lei è seduta sul seggiolino giù in fondo, sulla sinistra.

Ma chi è questa Lei?

E' perché non so come chiamarla precisamente che la chiamo Lei. Di fatto è sempre una persona diversa, anche se tuttavia è sempre una donna. In genere io non so mai se un dato giorno la troverò o meno. In genere io: io però la cerco sempre!

Sì è così, io osservo le persone che mi sono vicine, e poi, se Lei c'è, allora i nostri sguardi s'incrociano per un istante. Ma questo istante è un po' più lungo del solito, è un po', ma dico solo un po', meno pudico del solito. Ed è in quel breve scarto di tempo che fa essere quello sguardo più attardato, più desideroso, che nel mio corpo avviene una sorta di sconvolgimento, una specie di scoppio emotivo che mi lacera invisibilmente sotto la pelle. E' a questo punto che il mio sguardo si ritira, per porre al riparo la mia anima. Altre volte invece è Lei che per prima ritira il suo, e allora in questo caso risulto un po' meno scosso.

Questa Lei, come dicevo, è sempre una donna; una donna che in genere cura il proprio aspetto: una donna che cerca la bellezza, che vuole comunicare con quella.

Non per forza è giovane, ma il più delle volte lo è. Chissà, forse è perché le donne giovani sono più curiose della vita. Altra caratteristica di questa Lei è che non cerca mai in alcun modo di sfuggire al luogo in cui si trova. Non legge quindi, non ha gli auricolari conficcati negli orecchi, in genere non fa alcunché per distrarsi: è sempre lì, per l'incanto di un momento.

Quando scendo sono un po' malinconico.

Ho dovuto lasciarla, non la rivedrò mai più: ne sono certo!

Ma dopo i primi passi, voglio rifarmi coraggio. Sono consapevole di aver vissuto un momento importante della mia vita, seppur fugace, e che comunque prima o poi la ritroverò. E se poi sarà un'altra donna... Non fa nulla! tanto so che sarà ancora Lei! Sono contento: almeno ho qualcosa in cui sperare.

Del resto è proprio nel gioco dell'amore che è in gioco anche la vita. E con questo non intendo solo il fatto che tramite l'atto sessuale la vita possa perdurare come Specie, ma piuttosto che tramite l'amore la vita possa essere vissuta, più che tramite altri sentimenti, nella sua interezza. E questo a mio avviso, ma anche dal punto di vista di quello che sia il significato della vita, ossia del perché si vive, o se si vuole, del perché si deve vivere, mi pare più confortante!

L'amore è comunque anche attrazione, curiosità. Senza amore, non c'è dubbio, tutto marcirebbe nell'indifferenza, tutto stazionerebbe presso uno stato in cui nulla è possibile. Uno stato originario, forse, uno stato di vita asessuato, senza 'divinità erotiche' che c'infastidiscono, che ci mettono a rischio, che ci turbano, uno stato in cui la vita forse non avrebbe però comunque molto senso.

E credo che sia proprio quest'assenza di senso, che è anche assenza d'amore, a mietere vittime in continuazione tra i senza tetto nelle notti gelide delle tante Parigi di questo mondo. Un'assenza che si accompagna il più delle volte ad una bottiglia di alcol, a una dose di droga, ad una vita in cui non c'è più niente da dire, da fare non parliamone. E questa assenza, non è solo un problema sociale, ossia qualcosa da risolvere attraverso ricette volte a migliorare quello che possono essere: gli indici di disoccupazione, di sviluppo economico, del grado di alfabetizzazione…

Questa assenza è un'assenza che riguarda ogni persona, e non tutte assieme, che le tocca intimamente. E' quindi un'assenza che non tocca tutti nello stesso modo, come gli indici vorrebbero, per poter trovare un'unica soluzione a tutti i problemi della gente. Quando gli indici vengono impiegati per questo scopo, allora diventano più ridicoli di un uomo innamorato, questo è certo!

Gli sguardi sul metrò dicono invece che ognuno ha i suoi momenti di gioia, come anche le sue lacrime da versare. Ognuno le ha, come tutti gli altri, ma mai le stesse.

Sì, proprio come nella canzone di Maria, che a queste lacrime, le sue, credo non sia sfuggita.

*

Jean-Pierre mi ha chiesto d'incontrarlo questa sera.

Il conducente del convoglio ha detto qualche cosa che non ho capito, ma il tipo di esclamazioni e commenti che ne sono seguiti mi ha fatto subito capire che devo attendermi qualcosa di spiacevole. La carrozza è piena all'inverosimile. Il treno si ferma nella piena oscurità del tunnel che collega due stazioni.

Passa un po' di tempo, poi ne passa ancora un po'.

Nessuno parla, nessuno fiata, è il timore!

Non mi è chiaro quanto tempo stia passando: i secondi scandiscono troppo lenti nella mia testa.

Qualcuno inizia ad essere insofferente, ma il silenzio appare ormai la regola. E' come se ci si rendesse conto che il panico potrebbe veramente essere la causa di una tragedia, per quella massa di persone pigiate una contro l'altra sino all'inverosimile.

Di conseguenza, siccome non sta succedendo proprio nulla, oltre al fatto appunto che non sta succedendo nulla, tutti sembrano intenzionati a far sì che continui così.

La giovane donna che ho seduta di fronte, se dapprima mi sembrava abbastanza sicura della sua capacità d'autocontrollo, ora invece inizia a muoversi, guarda fuori dal finestrino, guarda al buio totale del tunnel. Poi, probabilmente, cerca di capire il perché del suo malessere; e lo capisce.

Ha caldo!

Allora prova ad allargarsi il collo della maglietta, ma questo torna sempre alla sua forma iniziale, cerca di togliersi il giubbino di jeans, ma non è ancora certa di avere caldo a sufficienza per toglierselo veramente, quindi decide per un lieve sventolio di qualcosa che aveva in mano.

Sembra che per un attimo abbia ritrovato la serenità. Ma è solo un attimo!

Sa benissimo che il problema non è il caldo, ma ormai nessuno potrebbe più toglierle dalla testa che il problema è quello. Di scatto, quasi con violenza, si divincola dal giubbino; inoltre strattona nuovamente il collo della maglia. Il giubbino, quello, finisce con foga sulle ginocchia, e senza alcuna cura per il come.

Non guarda più nessuno.

Il suo sguardo è invece fisso quasi frontale sulla finestra, che con il buio completo che c'è di fuori è divenuta praticamente lo specchio delle persone che sono ammassate all'interno.

Crede di non vederle.

La gente invece l'osserva e inizia probabilmente a pensare che quella giovane donna potrebbe divenire pericolosa.

Se dovesse star male potrebbe diventare causa di qualcosa d'ingestibile.

Ma non c'è tempo per preoccuparsi troppo, dato che forse non ha nient'altro che caldo dato che continua a non guardare nessuno, a non aver bisogno di nessuno, guardando e odiando tutti.

Poi ad un tratto le luci che erano state per tutto il tempo abbassate, riprendono vigore. Si sentono anche immediatamente i vari rumori che indicano il ritorno della corrente nei singoli dispositivi del convoglio.

Il suo risveglio.

Poi il treno prova a partire, si arresta per un attimo, e poi parte davvero.

Finalmente!

Il conduttore ringrazia per la pazienza dei viaggiatori. Io, dentro di me, impreco.

Jean-Pierre mi aspettava ancora là, al bistrot, seduto in veranda; strano.

Ma non mi aspettava per il lavoro, perché appena mi vede si mette subito a parlare di tutt'altro. Mi dice di sua moglie, Chantal, la quale è afflitta già da un paio d'anni da un forte mal di testa. Questo dolore le arriva solo però in certi momenti. La ricerca delle cause non ha purtroppo portato a grandi risultati. Chantal è praticamente da due anni che si sta sottoponendo a visite mediche specialistiche, ad esami di laboratorio, anche i più nuovi e a volte pure un po' bizzarri. Ha provato quindi anche con le medicine alternative, agopuntura in particolare, ma ancora senza alcun risultato. Ora da un paio di settimane ha iniziato con uno psicanalista, e Jean-Pierre stesso ha iniziato a preoccuparsi.

– Perché? – gli chiedo.

– Perché ho paura che diano la colpa a me.

– E io cosa c'entro? – gli faccio.

– Non so, ma ho l'impressione che tu mi conosci abbastanza bene, sai quali sono i miei pregi come anche i miei difetti.

Sì, ha ragione, anche se in effetti sono solo i suoi pregi che mi sfuggono un po'…!

No, non ho mai visto Jean-Pierre così indifeso, così disponibile a pensare di non essere completamente apposto, di dubitare di sé e della propria condotta. Incredibile. Per me tutto ciò è veramente nuovo. Da subito capisco che devo prendere la cosiddetta 'palla al balzo', anche per tentare di riabilitare il mio amor proprio, riabilitarlo da tutti i suoi monologhi, da tutte quelle volte che nemmeno potevo dire: "bah!"

Quindi in modo un po' ironico gli dico:

– Ah, e così tu avresti anche dei difetti?

Lui fa un mezzo sorriso, all'istante non sa probabilmente nemmeno lui se compiacere la mia ironia, od opporsi.

So di aver rischiato, ma dovevo farlo.

Poi mi dice:

– Tu cosa mi consiglieresti di fare?

Prendo tempo, sorseggio la mia bibita, fingo che ci sto pensando, ma per me è già tutto chiaro: se lui con Chantal è come con me, Chantal, che ci deve vivere anche assieme, non può che essere... malata!

Ma non posso dirgli questo così brutalmente, e allora prendo il giro un po' più largo, e gli racconto della ragazza sul metrò, ma lui già si sta spazientendo. Vedo che non mi sta quasi più ascoltando, allora provo a ricatturare la sua attenzione in un altro modo, altrimenti i miei sforzi non servirebbero a nulla, e dico:

– Sai Jean-Pierre, comunque anche Chantal come quella ragazza sul metrò...

– Chantal cosa? – mi blocca – Cosa c'entra Chantal con quella ragazza? – mi fa perentorio e con aria contrariata.

– Niente – mi difendo io, – non c'entra niente, ma credo che come quella donna che aveva deciso che il suo malessere era dovuto al caldo, anche Chantal in fondo mi sembra che abbia deciso che il suo malessere sia qualche cosa di curabile, sia dovuto a qualcosa. Che ci sia insomma una causa: forse tu, – accenno timidamente.

Ma mi meraviglio subito di quello che gli sto dicendo, perché in effetti lo sto salvando, senza nemmeno volerlo. Jean-Pierre mi guarda ancora un po' di traverso, come per dire: ma adesso cosa stai raccontando? e poi fa:

– Continua... continua! Mi stai incuriosendo.

– Non c'è molto da continuare Jean-Pierre, quello che voglio dire è che considerare tutto ciò che nella vita è spiacevole come una malattia da curare, non mi pare il modo migliore.

– Spiegati meglio: vorresti dire che certe malattie sono incurabili, che io sono quello che sono e non potrò mai cambiare, e che Chantal, se fossi io la causa del suo malessere, non ha quindi alcuna speranza di guarigione?

– Ma no – gli rispondo subito – non è questo quello che voglio dirti. No, affatto. Voglio semplicemente dirti che se tu consideri il male della vita solo come qualche cosa da sfuggire, allora tutti i mali, tutte le cose spiacevoli, sono una malattia. Tutti i mali praticamente diventano sempre qualche cosa da curare, verso il quale bisogna porre rimedio, bisogna sfuggire. Di fatto però, se si tenta sempre di sfuggire quel dolore che in fondo è proprio della vita, si finisce anche per sfuggire alla vita stessa, a non vivere più che per una vita senza dolore, ossia qualche cosa che non esiste e che in fondo non è vita. E' solo questo che volevo dire.

– Solo? – mi fa lui con gli occhi sgranati.

– Solo – replico io sorridendo.

– Ho capito, ho capito, tu sei un furbacchione – mi fa con il tono di chi ha finalmente scoperto l'arcano, e poi:

– E sì che con la tua aria così innocente... non lo sembreresti!

Io sorrido di nuovo. Ho l'impressione di aver guadagnato maggiore considerazione da parte di Jean-Pierre, forse anche solo perché crede di aver trovato in me qualcosa che non sperava, qualcosa di 'furbo', s'intende. Ma in effetti non so nemmeno io cosa mi stia succedendo in questi ultimi tempi, e come mai mi è venuto da interessarmi in modo quasi materno a Jean-Pierre, che tra l'altro non lo merita nemmeno. Non so, forse anch'io sto cambiando. Ho l'impressione che la storia di Maria e Josef stia giocando un qualche ruolo a riguardo; ma è così, come dire... solo un'impressione.

Di fatto quel giorno Jean-Pierre non mi chiese più nulla in merito alla stampa, anzi mi propose, dato che comunque sapeva dei miei studi d'arte, di scrivere qualche piccola recensione su qualche mostra, o anche qualche piccolo articoletto di cultura. Io stranamente non avevo mai considerato di scrivere cose del genere, ma pensandoci bene l'idea mi lusingava.

Oggi mi è arrivata una nuova lettera.

## II<sup>a</sup> Lettera di Josef

*Cara Maria come stai?*

*Mi piacerebbe avere tue notizie. Io dopo un periodo di noviziato ora sono monaco, a tutti gli effetti. Questa lettera che t'invio è una trasgressione alla nostra Regola. In un certo senso scrivendoti commetto un peccato, ma non posso fare altrimenti. Sin dal mio ingresso nella comunità monastica ho compreso che la ricerca di Dio si sarebbe sviluppata in un percorso fatto di segni, di gesti, di consuetudini, di un modo di vita fatto per ricondurre alla condizione eterna. Tutto nel monastero è rivolto alla purificazione del superfluo, e con ciò intendo dire che tutto qui è rivolto alla purificazione dalla varietà, alla purificazione di se stessi. Ma la mia preoccupazione è che questa purificazione, che dovrebbe disporre all'incontro con Dio, possa forse essere solo un'illusione. Ho paura che la purificazione possa essere solo uno stato di negazione della vita, e che in fondo non purifichi molto, ma solo trasformi il singolo in 'conforme alla regola', ossia in persone degne di Dio proprio perché sono state in grado di rinunciare a se stesse. Io credo Maria che più che rinunciare a se stessi si dovrebbe saper accogliere l'altro. Credo che l'egoismo sia il vero ostacolo all'incontro con Dio, ma anche che questo ostacolo non debba essere superato solo rinunciando ad essere egoisti, ma piuttosto divenendo degni di essere amati, nel divenire degni d'amare. Questo in fondo credo sia anche il messaggio evangelico. E' per questo Maria che ho preso il coraggio di compiere un atto che però dubito sia un vero peccato. Nonostante queste titubanze, questi dubbi, rimango comunque convinto di ciò che sto facendo. Cioè continuo a volerlo! Ho sempre amato la chiarezza, ho sempre cercato le cose nel loro colore migliore. Qui nell'abbazia ho la possibilità di prendere tutto il tempo di cui ho bisogno per sciogliere i nodi più intricati, districare le situazioni più complesse. Ciò che solo mi manca è un'esperienza diretta della vita. E' come se io avessi tutto il tempo per pensare a cosa in sostanza sia la vita, ma senza veramente averne una mia da vivere. E' un po' questa l'impressione che ho, ed è anche la mia unica e vera tristezza. Ed è anche per questo che ti scrivo. So invece che tu hai sempre accolto la vita nella sua interezza e pertanto credo che potresti aiutarmi a comprendere il suo senso. Vorrei che tu mi scrivessi e che mi raccontassi appunto della vita! della tua vita!*

*Ti saluto e ti abbraccio con affetto Josef*


*P.S. Dove abito come avrai capito non posso ricevere posta. Se vorrai scrivermi fallo a questo indirizzo [...]*


Ieri sono andato ad una mostra, ma non so se ne farò un articolo, a dire il vero non so nemmeno come potrei farne uno. Ho provato a mettermi a scrivere qualcosa, ma poi mi sono accorto che forse erano tutte cose che potevano interessare solo me. Poi, anche la mostra in se stessa... No! non so se ne valesse la pena. Ma non tanto per ciò che veniva esposto, beninteso, piuttosto per il tipo d'interesse che la gente avrebbe potuto rivolgergli: non era una mostra né di opere francesi, né di un autore famoso, e neppure organizzata da un'istituzione importante, quale ad esempio una famosa galleria, un museo... Ma io comunque l'ho trovata coinvolgente.

Il mio proprietario di casa è un anziano ingegnere in pensione. A due isolati dall'immobile dove abito, che è tutto di sua proprietà, sua e di un suo fratello ex medico anch'esso a riposo, l'ingegnere ha una piccola galleria: *Le p'tit jour*. Lì allestisce quattro mostre l'anno, le quali rigorosamente durano sempre un mese, né più né meno; gli altri due mesi gli servono per preparare l'esposizione successiva. Ad ogni mostra l'ingegnere realizza anche un piccolo catalogo, rigorosamente in bianco e nero. Essendo anche il curatore delle mostre le sue presentazioni sono sempre ridotte a non più di una decina di righe, dove espone semplicemente i tratti essenziali della ricerca artistica dell'autore che viene presentato, il quale deve essere comunque anche sempre vivente. L'ingegnere non fa quindi retrospettive e vuole sempre presentare ciò che l'artista ha prodotto di recente. Inoltre la sua scelta è sempre rivolta anche ad autori che realizzano opere inserite nel filone dell'astrattismo. Arte non figurativa, anzi, rigorosamente non figurativa. L'ingegnere infine non chiede alcuna partecipazione all'artista per le spese di allestimento, né di altro genere. Le opere esposte nella sua galleria non sono in vendita, lui non tratta a livello commerciale alcunché di artistico. Se qualcuno è interessato all'acquisto di un'opera, deve contattare direttamente l'artista ed accordarsi con lui. Queste ultime cose le ho trovate scritte su un piccolo opuscolo che era su un tavolino della galleria.

Le opere che ho visto alla mostra, circa una ventina di quadri, erano semplicemente 20 diverse gradazioni, ossia 20 diverse sfumature del medesimo colore: l'arancio. Le tele dipinte ad olio dalla dimensioni di circa un metro quadrato erano praticamente dei monocromi. L'apparente monotonia del primo impatto lasciava però subito il posto ad una sorta di sviluppo intellettuale. Le diverse gradazioni dell'arancio che potevano al primo momento sembrare solo sfumature dello stesso colore, con più attenzione apparivano invece vere e proprie realtà autonome, identificabili in una propria condizione, quindi con un'identità propria ed individuale. Questo sviluppo mi aveva proprio colpito. In effetti più mi soffermavo ad osservare e più pian piano l'opera compariva. Inoltre da questa esperienza ebbi modo anche di riflettere e mettere in relazione ciò che l'ingegnere faceva con quello che anche lo stesso Josef aveva scritto nella sua lettera. Tutto questo perché avevo la chiara impressione che anche l'ingegnere in fondo seguisse una specie di Ordine, di Regola, e con lo stesso rigore, per così dire, di un monaco: quattro mostre, catalogo in bianco e nero, autori sempre di un certo tipo…

Questo suo rigore era fondato come lui stesso mi disse su principi di equità. Ciò in effetti mi fece pensare 'al monastero', perché è risaputo che i monaci quando si tratta di principi, non sono secondi a nessuno! Difatti leggendo alcune documentazioni sulle regole di vita praticate nei monasteri, e ancor di più in quelli di ordinanza contemplativa a cui Josef aveva aderito, avevo trovato anche lì un grande rigore nello scandire tempi e modi della vita del monaco, con momenti di lavoro, preghiera, preghiera di gruppo e singola, rituali da svolgere in determinati momenti, altri in determinati periodi, insomma tutta una serie di precetti atti a regolare impeccabilmente tutto ciò che comportasse sia la vita privata (se si può dire), sia quella collettiva del monaco.

Questa adesione ad una regola fissa e rigorosa era del resto qualche cosa che nella sua lettera   sembrava impensierire anche lo stesso Josef. Egli ne parlava come di qualche cosa che potesse abolire le differenze, con l'intento di raggiungere qualcos'altro di eterno: Dio stesso probabilmente. Difatti a ben guardare ciò che ci si aspetta dall'adesione costante a delle regole di vita, non è molto diverso da quello che un pittore o uno scultore si attende dalla sua attività. A ben guardare ciò che un'opera d'arte ricerca attraverso la stabilità dei suoi materiali, nel marmo o nel bronzo, per esempio, non è altro che la sua garanzia di durata, di eternità, di valore. Questa ricerca in fondo non è diversa da quella di una regola, che dice ciò che bisogna fare sempre e tutti i giorni, nonostante questi, i giorni, siano sempre diversi.

Le preoccupazioni di Josef mi parevano fondate.

In fondo anch'io a prima vista guardando la mostra avevo colto solo la presenza in tutti i quadri di un solo colore, avevo visto solo l'arancio, mentre poi, osservando meglio, i colori, le singole espressioni di quei quadri, erano invece molte, e tutte diverse tra di loro.

Era comprensibile perciò che un'adesione cieca alla regola potesse impensierirlo, potesse nascondere la possibilità di un'illusione, ovvero quella di poter raggiungere un'eternità che in effetti non può essere mai raggiunta, proprio perché non esiste, dato che l'esperienza del vivere ci dimostra che la vita è sempre lì, ad attenderci, giorno dopo giorno, e non è mai semplificabile in nessuna generalizzazione, in niente di unico e valevole per sempre.

Avevo l'impressione che Josef si fosse accorto che la ricerca di Dio non poteva essere solo il frutto di una negazione, come avevo fatto del resto io inizialmente durante la mia visita alla mostra quando avevo ridotto tutte le sfumature dall'arancio ad un unico colore, ma che invece avrebbe dovuto partire da quelle singole sfumature per capirne il loro senso, perché era solo tramite esse che l'arancio si offriva a noi. Allo stesso modo la realtà di Dio non poteva che offrirsi nei mille aspetti della nostra vita, e non solo nella singolarità della sua idea.

Era quindi forse questo quello che Josef chiedeva a Maria, quello che le domandava chiedendole di come vivesse, chiedendole della sua vita?

Voleva chiederle cosa fosse quella sfumatura, quella singola vita, che ad ognuno compete vivere, nonostante in fondo questa sia anche sempre uguale, come idea, per tutti?


Assieme a quella lettera Dora mi aveva messo anche una foto ed un piccolo foglietto con su scritto: "questa è Maria".

Sì, proprio lei!

La fotografia aveva dei colori molto tenui e la ritraeva seduta in posa su delle enormi e intricate radici di una grandissima pianta equatoriale, forse all'interno di un giardino botanico. Lei sorrideva, divertita dal gioco fotografico.

Nel suo viso i tratti erano marcati, le guance un po' scarne, la bocca invece grande e le labbra piene. Gli occhi neri, nerissimi, come i capelli; lo sguardo invece chiaro e dolce. Forse sui cinquant'anni, non si può dire appartenente ad un qualche *cliché* di donna, per esempio casalinga, donna in carriera... No! *femme fatale* neanche. Affascinante comunque sì, quello sì! Fresca in viso indossava una delicata gonna a pieghe che assieme ad una camicetta bianca attillata ed aperta sul collo, accentuavano una sua certa leggerezza complessiva. Inoltre i capelli li aveva raccolti da un vistoso fermaglio con sopra appiccicati dei fiorellini azzurri. Questo particolare mi fece sorridere: sì! era proprio Maria!

*

La meta di oggi è *Jussieu*, presso l'Università Paris VI, o VII, non ricordo mai il numero giusto. Ho fatto colazione in fretta questa mattina, poi ho rotto la tazza, così ho raccolto in fretta anche i cocci: pulirò meglio questa sera. Nell'uscire poi ho agganciato nella maniglia della porta, e la tasca mi ha dato il suo addio. Se oggi continua così… c'è veramente da preoccuparsi!

Il convoglio apre le sue porte; spero che la carrozza che mi si è fermata davanti sulla pensilina sia quella giusta. Non c'è molto da scegliere, anche perché tutt'al più potrei correre verso l'altra carrozza, che ho visto meno affollata, ma non c'è tempo! Salgo che già il conduttore chiude le porte. Il caso indubbiamente avrà una sua funzione, mi sforzo di credere, quando la sfortuna regna.

Una donna sui quarantacinque mastica nervosamente la sua gomma. Un lui sui sessanta si guarda in giro in modo circospetto. Un gruppo di asiatici parla animatamente; avverto solo dei 'gna, gna, gna…' Due ragazze entrano in modo deciso, si siedono dinnanzi a me. Una consulta il suo telefono, l'altra sbadiglia, una mostra all'altra alcune foto, l'altra fa un piccolo commento, poi rimette le foto in borsa.

Sono scese.

Ora è entrata un'altra donna sui trent'anni. Tiene una borsa sulle ginocchia. E' bagnata fradicia, un po' dappertutto. Di certo fuori piove. Un giovane entra con la sua borsa nera. Una donna là in fondo si muove nervosamente sul sedile, poi sbuffa, sorride, fa una faccia strana, si mette a parlare non so con chi. Infine inforca gli occhiali e legge.

Quello che invece mi è in parte si è alzato. Scende.

No, non scende, aspetta la prossima fermata!

Ecco, ora invece vicino ho una donna di colore che guada un catalogo di giochi da giardino per bambini. Sarà una puericultrice; non mi sembra ancora nell'età di essere una madre; non mi sembra almeno.

*Pont Neuf*, ancora due fermate poi scendo.

La donna di fronte si è spostata per lasciare posto sulla sua sinistra ad un uomo con gli auricolari che si strofina la mano sul ginocchio. Tre altri uomini sono pronti a scendere. Uno è orientale, l'altro forse slavo, il terzo non so.

*Pont Marie*, solo uno è sceso.

Tutto continua così, nella più normale banalità.

S'incrocia un altro treno: *Sully-Morland*.

Un'altra persona sale.

Un'altra si siede più in là. La donna qui a lato sfoglia un'altra pagina. Si riaggiusta sul sedile. Il treno accelera e incrociamo un altro convoglio.

*Jussieu*.

Scendo.


Credo che il problema della conoscenza non sia tanto quello di conoscere se stessi, ma di conoscere gli altri.

Di se stessi se ne ha sempre un'idea, adeguata o meno che sia; dell'altro invece se ne ha solo un'immagine. Di se stessi si sa ciò che si prova; dell'altro no!

Dire che l'altro ci assomiglia, e che conoscendo se stessi si può conoscere per analogia anche gli altri, non mi pare molto corretto, perché sarebbe come affermare che gli altri sono solo 'specchi' di noi stessi.

In effetti l'altro mi pare invece un enigma.

L'altro, mi pare il vero oggetto della conoscenza, o almeno ciò che chiede più di ogni altra cosa di essere conosciuto. Ma quale sia la via migliore per farlo, questo non mi è ben chiaro. Sarà anche per questo che la gente continua ad attirare la mia attenzione, nonostante non riesca ad afferrarne completamente le ragioni.


Jean-Pierre non c'è ancora.

L'attendo.

Poi mi telefona e mi dice che ne ha ancora per un'ora circa. Gli dico che l'aspetto comunque se vuole.

Jean-Pierre è sempre avido di cronaca nera. Sarà contento che oggi ho da riportargli alcuni fatti del genere: a Monaco una donna gravemente malata si è suicidata dopo aver soppresso i suoi due figli; in Italia invece, nei pressi di Palermo, un uomo ha ucciso la sua ex moglie, la suocera, il nuovo compagno della moglie e la figlia più piccola. Poi, dopo una breve fuga, si è tolto la vita. In Canada, per finire, un uomo prima di sopprimersi ha fatto una strage presso l'ufficio dove aveva lavorato come impiegato.

Intanto che aspetto Jean-Pierre mi viene spontaneo chiedermi: per questa gente, chi era l'altro? Ho l'impressione che per tutte queste persone l'altro sia stato, usando un gioco di parole, nient'altro. Ovvero che non sia stato nient'altro, d'altro. Che non sia stato nulla di diverso da se stessi, quindi nient'altro che un riflesso di sé.

La madre che, perché 'condannata a morte', uccide i propri figli, di certo non immaginava che questi avevano il diritto di essere qualcosa d'altro. Così neppure l'ex marito, che nell'aver perso qualcosa che riteneva suo, sua moglie, lo rivuole per sé, seppur nella morte, e a costo della morte, di altri. E poi il giustiziere canadese, il quale tentando di porre rimedio a chissà quale sopruso subito, intende riaffermare la propria dignità umana, arrogandosi il potere di un dio, decidendo però come un dio.

Ho l'impressione che l'omicidio-suicidio sia in effetti una drastica decisione dove viene meno una differenziazione essenziale, quella appunto fra se stessi e gli altri. Qui il verdetto che viene emesso è un verdetto di amore estremo, di odio estremo; di amore e odio verso se stessi, di amore e odio verso gli altri. Di certo qualcosa di folle senza dubbio, ma anche d'inestricabile, proprio per questo estremamente ingiusto.

No! non è nemmeno questa la strada per cercare di conoscere gli altri!

Jean-Pierre mi telefona di nuovo dicendomi di non aspettarlo più perché non ce la fa proprio a venire.

Alla lettera di Josef invece Maria risponderà solo dieci giorni dopo.

## II*ª* *Lettera di Maria*

*Caro Josef*

*Tu ti permetti di entrare ed uscire dalla mia vita quando e come vuoi. Non ti credevo così presuntuoso, e neppure così cattivo. Cosa ti credi: che le persone non piangano? non soffrano? non sentano la mancanza? Che si possa fare e disfare un rapporto quando più ci piaccia e poi magari così, semplicemente e solo sulla base di propositi, seppur belli e buoni? Cosa pensi che la vita sia come un libro che si possa inviare per posta, in modo che tu dalla tua immacolata cella del monastero te la possa studiare ed analizzare come fosse roba da laboratorio? Non ti credevo così stupido!*

*Ecco: contento?*

*Questa è la vita che volevi! né più né meno.*

*Qualcosa che non sta mai dove si vorrebbe: è la vita.*

*Ma la vita è anche indulgenza, comprensione. La vita è anche amore. E' per questo che sono qui, ancora, a risponderti.*

*E' per questo che tu potrai sempre entrare ed uscire dalla mia vita, quando vorrai. Ma sappilo! Tutto ciò ha un prezzo, e spesso questo prezzo lo pagano gli altri. Sappilo Josef! Perché io ti ho molto amato, ma molta è stata anche la mia sofferenza.*

*Sappilo Josef! e abbine amore!*

*Con affetto Maria*


Questa lettera mi lasciò stordito. In un certo senso si toglieva dalle altre, sembrava quasi scritta da un'altra persona. Ora che però il quadro iniziava a prendere forma, i motivi mi apparivano abbastanza chiari. Come darle torto?

Anche con Dora ne avevo parlato al momento di una lunga telefonata. Lei mi disse che Maria era una donna estremamente dolce, ma anche determinata, soprattutto quando si doveva porre rimedio a delle ingiustizie. Mi raccontò persino di un fatto che la vide testimone. Un giorno entrò nel suo ristorante un uomo che chiedeva l'elemosina. Maria non negava mai qualcosa a chi ne avesse bisogno: un piatto di minestra, qualche moneta... Solo che quella volta ad un tavolo si trovava un proprietario terriero, il quale, forse per far colpo su Maria, con maniere brusche invitò il mendicante ad andarsene. Dora mi disse di non aver mai visto sua zia così arrabbiata. Di certo quell'uomo aveva fatto colpo su Maria, anche se forse non era in quel modo che si aspettava di farlo. Gliene disse di tutti i colori, tant'è che sia Dora, seppur piccola, ed altra gente che si trovava nel locale, la invitarono ripetutamente a calmarsi. Dora mi disse inoltre che da quel giorno non rivide più quel proprietario terriero nel locale.

Durante quella telefonata ci eravamo anche accordati su alcune cose riguardanti l'invio delle lettere. Ci sembrò ad entrambi che, nonostante avevamo ormai acquistato una certa fiducia reciproca, avremmo dovuto continuare ad inviarci le lettere nel modo che avevamo stabilito. Questo perché convenimmo che quel modo ci permetteva di riprodurre in un certo senso anche le pause che erano esistite tra una lettera e l'altra. Perché comunque quelle pause avevano anch'esse avuto un significato, proprio come le lettere stesse. Erano un momento per pensare, per vivere. Era qualche cosa d'indispensabile, e che doveva proprio esserci tra le parole se si voleva avvicinarle il più possibile al loro senso effettivo: a come erano state prodotte, come erano state scritte, lette.

Dora poi aveva anche avanzato l'idea che avremmo potuto provare a contattare la persona a cui erano indirizzate. In pratica la persona che appariva sull'indirizzo delle buste. Questa era una cosa che anch'io avevo ipotizzato a suo tempo, senza però prenderla troppo in considerazione.

\*

Oggi invece ho dimenticato che dovevo scendere, così la fermata dopo sono ritornato sui miei passi, per così dire.

E' una cosa che mi capita, non spessissimo questo sì, ma soprattutto quando tendo a dimenticare, a voler dimenticare, di essere sul metrò. Questa volta complice è stato anche uno spettacolo piuttosto singolare.

Un uomo sui trent'anni, o forse quaranta, difficile dirlo con più precisione, ha improvvisato una canzone rock. Un po' cantava e un po' rideva. Di sicuro per primo rideva di sé, e poi, più continuava a cantare, e più continuava anche a venirgli da ridere.

Inoltre l'alcol non era estraneo alla sua circolazione sanguigna, ma nonostante avesse tutti i connotati del *clochard*, sporco e coi vestiti laceri, la sua figura, magra e inebriata, mi appariva come quella di un esile spiritello satirico. Uno spiritello pervaso da una gaia ironia.

Mentre cantava con una mano faceva finta di avere un microfono, e con l'altra invece si era premunito di attaccarsi ben saldo al maniglione centrale. Questo perché ogni tanto le gambe leggermente gli cedevano, e allora il maniglione svolgeva appieno il suo compito. Quando si raddrizzava, s'arrestava anche di cantare, in modo da guardarsi attorno, come per controllare che tutto 'funzionasse' ancora, ma non solo per quello. Si guardava attorno anche cercando un contatto, cercando qualcuno che gli accennasse un sorriso. Stranamente qualcuno glielo accennava, e allora lui riprendeva a cantare, soddisfatto da quell'ingaggio.

Non certo per l'impeccabilità della sua *performance*, ma stranamente mi era venuto voglia di dargli una moneta; e probabilmente gliela avrei anche data, se fosse passato tra i viaggiatori con il solito bicchierino di carta o di plastica. Me l'ero sentito vicino, nonostante la sua scelta estrema. In fondo mi era sembrato che anche quell'uomo stesse tentando di capire chi fossero gli altri. E in ciò aveva messo tutto se stesso. Forse troppo.

Uscito, dopo essere tornato indietro, un capannello di persone richiamò la mia attenzione. Erano indaffarate attorno ad un uomo che manipolava in modo veloce e fugace dei ditali: il famoso gioco dei tre bicchierini!

In genere non mi fermo mai, ma quel giorno avevo un po' voglia di perdere tempo, anche perché avevo voglia di far attendere Jean-Pierre, ammesso che mi stesse aspettando. Il gioco, se ci si presta attenzione, è quasi ipnotico. Chissà perché i movimenti regolari e ripetuti hanno questa capacità?

L'amico del mazziere continuava a vincere. Era persino troppo chiaro che era suo amico: gli unici due slavi!

Ero quasi lì per estrarre il portafogli, ma poi un attimo di lucidità mi è bastato, e ho ripreso la marcia. In fondo era quasi meglio non far aspettare Jean-Pierre piuttosto che perdere dei soldi così da idiota!

Più tardi, a casa, mi venne però da pensare a quel fatto. Mi venne da chiedermi cosa fosse l'attrattiva di quel tipo di giochi. Non mi convinceva infatti che si potesse giocare solo per vincere. Certo, la vincita era il fine! Ma tutti sanno che nei giochi d'azzardo, chi ci guadagna, non è mai il giocatore. Eppure nonostante questa semplice ed evidente consapevolezza, si è portati ugualmente a giocare. A volte lapidando anche vere e proprie fortune. Mi sembrava chiaro che doveva esserci un altro motivo.

Ma fu solo un po' più tardi che riuscii a darmi una risposta che mi andasse bene. Ero lì, mezzo addormentato di fronte al televisore e senza avere più nemmeno la forza di pigiare i bottoni del telecomando per tentare di cambiare canale, quando iniziò una trasmissione che aveva come scopo principale quello di comunicare i numeri vincitori di una lotteria nazionale. Avevano persino vestito una bella donna con abiti degli antichi Greci e che aveva il ruolo d'impersonare la dea della fortuna. Durante tutta la trasmissione non avevano fatto altro che parlare di questa dea, che era bendata, che avrebbe toccato solo una persona e altre fanfarate del genere. Ero proprio sul punto di addormentarmi, tanta era la noia, quando iniziarono a formarmisi dei collegamenti dentro la testa: cosa centrava una dea con la fortuna e con l'azzardo?

Di sicuro se avevo poca considerazione per le trasmissioni televisive di quel genere, non era del medesimo tipo quella che nutrivo invece per gli Antichi. Sapevo che quando scomodavano una divinità lo facevano per qualche cosa di essenziale. I Greci e i Romani avevano proprio questo pregio: per ogni cosa importante della vita, a capo vi era sempre una divinità.

Una divinità quindi, a sovrintendere le cose importanti. Ma un'altra questione mi si formava: e perché poi ci dovevano sempre mettere una divinità e non invece qualcosa d'altro, ad esempio un bel principio scientifico che spiegasse serenamente le cose? Di certo neanche gli Antichi erano poi messi tanto male, non avrebbero a mio avviso avuto bisogno di ricorrere sempre a delle divinità per darsi spiegazioni. Ma pensandoci bene: quando si evoca una divinità, quando la chiamiamo in causa?

Di certo quando noi uomini non ci arriviamo, quando quello che vorremmo non è nelle nostre facoltà. Difatti un po' banalmente non chiederemmo mai ad una divinità di farci il caffè.

E' chiaro! L'uomo gioca d'azzardo per dimostrare l'esistenza dell'impossibile. Evocando la divinità, in quel caso la fortuna, l'uomo chiede il miracolo della vincita. Chiede in sostanza l'irruzione di qualche cosa d'imprevedibile e meraviglioso nella propria vita. Chiede in pratica un segno del fatto che non tutto, come nemmeno se stesso, sia già e per sempre determinato, e che nemmeno la sua vita in fondo sia senza scampo!

Questo sì, mi convinceva di più.

Ripensando poi anche all'altro fatto che quel giorno mi era capitato, quello del cantante sul metrò, anche lì una certa evocazione del divino era stata posta in campo. Un altro dio, certo: il dio delle pulsioni, delle passioni; forse il greco Dioniso, o forse anche il più latino Bacco. Ma probabilmente anche lì per il medesimo scopo.

Invece quello di Josef, mi veniva da chiedermi, che dio era?

### IIIª Lettera di Josef

*Oh Maria, quanto sono cieco. Tu hai perfettamente ragione e io non ho proprio nulla che mi possa discolpare. Ho costruito con il tempo una camicia di ferro che mi potesse difendere da tutti gli attacchi che i miei sentimenti avrebbero potuto subire: per non patire. Di conseguenza sono divenuto un uomo savio, ma per alcuni aspetti timoroso di vivere. Sono divenuto savio,* ma ho perso il coraggio di essere un uomo, cosicché non potrò mai essere ciò che invece desidero: un uomo saggio. Ma sono ancora disposto a fare della strada per imparare. E' per questo che chiedo il tuo aiuto! Ho bisogno di te per imparare ad amarti, amarti veramente. Perché se ci riuscirò, allora avrò imparato anche ad amare. Ti garantisco che questa volta non fuggirò.

Ma non so se questo potrà bastarti, perché io rimarrò comunque sempre un uomo consacrato a Dio, e non potrò quindi mai amarti come un uomo libero da Lui.

La mia vocazione me lo impedisce!

Sai Maria, quando ho sentito che questa era la mia strada ho anche capito che non sarebbe stata una strada facile. Ma ormai tutte le miserie degli uomini mi avevano fatto comprendere che non ci sarebbe mai stata salvezza se non in Lui. Le scelte degli uomini erano sempre sbagliate; non c'era scampo! L'uomo è un cane che si morde la coda. Non c'è scampo da questo giogo, se non attraverso la parola di Dio.

Questa fu ed è la mia vocazione. Di ciò ne resto profondamente convinto!

Qui nel monastero Dio mi ha parlato. Non l'ho mai detto ai miei confratelli, è la prima volta che lo confido a qualcuno. Quello che Dio mi ha detto è che il mio compito sarà arduo, e che neppure Lui sa bene di cosa si tratti. Mi ha solo detto che questo non sapere di cosa si tratti è il compito più difficile. Non ci sono strade da seguire, non c'è legge, non c'è norma, non c'è regola.

Il mio compito, Dio mi ha detto, non è un compito. Ma anche quest'altro mi ha detto: il tuo compito è quello di far sì che gli uomini continuino a camminare nella luce della verità.

Ora sai perché mi sono rivolto a te. Io, per poter far sì che gli uomini continuino quella strada, per prima cosa devo essere in grado di percorrerla. Ma non si può farlo se questa strada non la si ama. E non si può amarla, se in fondo non si sa amare, amare veramente.


Questo è quello che ti chiedo.

Spero in te Josef

Il Dio di un compito, che non è propriamente un compito, era il Dio di Josef. Come dire: il Dio di tutto e di niente! In questo modo la libertà era ampia, così come anche il margine di errore. Però, ma poi, come avrebbe potuto sbagliare, se comunque anche Dio non sapeva bene quale fosse quel compito!

*

*République,    Oberkampf,    Saint-Ambroise, Voltaire, Charonne...*

Niente da fare! Oggi non riesco a vedere nient'altro che i nomi delle fermate!

Solo ombre che mi girano attorno: dei riflessi nei vetri, colori sbiaditi, altri un po' più marcati, ma nessuna forma, nessun soggetto che riesca ad imprimere la pellicola fotosensibile dei miei occhi.

Ora che ci penso... è un po' che non riesco più nemmeno ad incontrarla!

Sì, Lei: la mia donna, quella dai mille volti!

Perché è chiaro che Lei c'è, che Lei è lì, c'è sempre. Così come è chiaro che io non riesco più a vederla.

Forse per questo miracolo avrei bisogno pure io di un dio. Solo che il problema è: di che tipo?


Il tempo non passa più oggi. Credo che oggi litigherò con Jean Pierre: non lo sopporto più! Mi dà fastidio quella sua aria da vincente, da persona che ha sempre la risposta pronta. Mi dà fastidio quella sua eterna aria da insegnante. Mi chiedo quando mai abbia potuto avere il tempo di essere anche allievo, e se mai lo sia anche stato, allievo, allievo di qualcuno.

Questa sua autosufficienza la sento piuttosto falsa; questo perché se è vero che io dipendo professionalmente da lui, anche lui in un certo senso 'vive' con le informazioni che io gli fornisco. Solo che in pratica il dipendente resto sempre e solo io!

Sì: oggi litigherò!

Ma guarda è già lì; che strano!

E' lì che sorseggia una bibita con la sua solita superficialità: come fosse qualche cosa che fa solo per fare piacere al barista che gliel'ha portata, e non tanto perché è qualcosa di gradevole o anche, semplicemente perché ha sete.

Poi finge di guardare dei fogli, so che finge, perché a lui non gliene importa molto di quello che scrivono gli altri.

– Ah sei qui!

Figuriamoci se non mi ha visto arrivare...!

Mi siedo, non gli rispondo, mi guarda di traverso: forzando al limite le sue pupille, poi dice:

– Problemi?

– No, nessun problema, perché me lo chiedi?

– Così, non mi hai salutato.

– In effetti non volevo salutarti, è la mia reazione immediata.

– Ah... allora problemi! – come se avesse indovinato chissà quale cosa, quando invece sono stato solo io che gliel'ho detto.

Capisco che mi sto scavando la fossa: come giustifico adesso il fatto che non volevo salutarlo? cosa gli dico? forse che non lo sopporto più? ma lui in fondo cosa centra, lui è fatto così! e probabilmente ci rimarrà anche sempre, così! e poi magari lui ci sta anche bene ad essere così, anzi, di sicuro ci sta bene! Il problema è solo mio, ma non posso mettermi a frignare, in modo da dargli ancora una volta la possibilità di farmi uno dei suoi sermoni. No! assolutamente! devo uscire da questo inghippo! Allora gli dico:

– Scusa ma devo andare in bagno.

Poi quando torno gli racconto che mi ha telefonato mia madre, che si è slogata un piede scendendo le scale, e che devo raggiungerla immediatamente. Mi scuso e lui mi fa:

– Allora ci si vede domani?

– Sì sì certo, almeno credo…

– Sì, almeno credo – gli ripeto. Quello che penso però è tutt'altro. Lui ha capito.

Scendo, prendo il primo metrò che passa: *Reuilly-Diderot*, *Gare de Lyon, Bastille, St-Paul…*

## III*ª* *Lettera di Maria*

*Caro Josef ho apprezzato la tua lettera… comunque non c'era bisogno che ti discolpassi di nulla!*

*Quando mi parli d'imparare ad amare veramente però non so proprio cosa vuoi dire! Perché, scusa, non era amore quando con le mani inumidite dalla frescura di quell'acqua tentavo di dissetare le tue guance arrossate? Oppure, quando ancora con pazienza, sempre loro le mie mani, cercavano di trovare una ragione al bisticcio dei tuoi capelli troppo arruffati?*

*Perché non era forse amore vero il tuo sorriso carico d'entusiasmo, il tuo sguardo denso, le tue parole leggere, come l'aria, a cui fiducioso le consegnavi, quando sottovoce dicevi di amarmi?*

*E non era amore forse il profumo dell'erba tagliata, il colore tenue del sole sulla pelle, la purezza dell'acqua di quel ruscello che sembrava sgorgare solo per farci vedere quanto eravamo freschi e puri, quel giorno, quel giorno che ci amammo! Non era amore vero quello? Josef, io non credo che tu non abbia mai conosciuto l'amore, tu sei nell'amore!*

*Perché?*

*Semplicemente perché io ti amo, ma non solo, perché anche tu mi ami.*

*Ti chiederai come faccio a saperlo?*

*Lo so e basta! l'ho sempre saputo e basta! Non c'è una parola che possa spiegarlo. L'amore, solo lo si ascolta. L'amore, solo è musica.*

*Ti avvolge, ti fa sentire viva, e non hai più bisogno di pensarci, perché l'amore non ti spiega nulla, non lo può fare.*

*E quando tu cerchi di trovagli una ragione, allora vedi che lui tende a scivolar via. E più tu cerchi di consegnarlo alla chiarezza, e più lui storce il naso, fa le boccacce, si sporca il viso, alza le spalle, e poi se ne va via. Quando tu Josef parli del cammino nella luce della verità e del compito che Dio ti ha assegnato, fai attenzione, perché non sempre, e non in tutto, la verità è sempre anche chiarezza.*

*Ricordati quindi, ricordati; ricordati e fai rivivere le tue confuse emozioni, anche quelle hanno qualcosa di vero! Ho però un'ultima cosa da dirti. Un'altra ancora.*

*Josef: anch'io ho bisogno di te!*

*Questo perché nonostante siano passati tanti anni da quel giorno, io da quel giorno non sono più riuscita ad amare nessuno. Io voglio un gran bene a tutti, e tutti me ne vogliono, ma non so... ho l'impressione che tutto ciò che vivo sia fuggevole, che passi. Le mie giornate non rimangono mai ad attendermi il giorno dopo. Chissà, forse è anche per questo che mi sono unita alla tua lontananza; perché solo con te ho provato qualcosa che non mi è mai sfuggito, e che mi permane continuamente nel cuore.*

*Vorrei conoscere il segreto di questa permanenza, che tu sei per me.*

*Ma ora un saluto, un abbraccio, Maria.*

Sono lì sulla pensilina, attendo. Dall'altra parte un convoglio è fermo. La gente vi brulica dentro. Tutto si muove. Una donna mi guarda. Io sono seduto e fingo di guardarmi in giro. E' là, è là dentro il treno, e continua a guardarmi. Forse starà pensando a qualcosa, e ha solamente perso su di me lo sguardo. No, invece non è così: mi sta guardando proprio, e veramente, e continua. Ora il suo treno parte, faccio l'indifferente, in fondo non mi sta suscitando nulla. Poteva anche essere Lei, ma non l'ho riconosciuta.

No!

Incredibile!

Il treno nel muoversi mi svela: un'immagine pubblicitaria! era solo una fotografia.

Incredibile! Mi viene da ridere.

Incredibile certo, ma non mi sento beffato: c'era qualcosa che non quadrava in quello sguardo. Sì, in effetti era proprio troppo uguale a se stesso.

\*

– Scusa Jean-Pierre – gli dico appena lo vedo, – scusa per l'altro giorno ma sai…

– Non preoccuparti, non c'è problema, anche perché quello che deve scrivere poi sono sempre io… – mi fa con aria ironica e sorridendo alla ragazza che gli sta accanto.

Mi aveva accennato di questa Joëlle, ma non pensavo che volesse farsi vedere assieme, e in pubblico. Ma forse non è così. Me la presenta e poi mi dice:

– Sai Joëlle è una pittrice e sta preparando una mostra; le ho detto che tu potresti scriverle una presentazione, mi sbagliavo?

Io rimango un po' lì, poi la guardo, lei indulgente mi sorride, come dicesse: sai Jean-Pierre è così.

Mi piace.

– Certo! perché no! – rispondo.

Il giorno dopo senza perdere tempo sono già lì nel suo atelier.

Joëlle è una donna minuta, secca, senza sembrare magra. Ha un viso ovale ma appuntito, con degli occhi chiari, grigi, forse azzurri. Non so bene. Parla in fretta, mi offre da bere, mi dà una tisana caldissima. Il suo atelier è piuttosto pulito e un po' disordinato, ma disordinato con cura. Di quadri non ne vedo. Le chiedo:

– Ma tu e Jean-Pierre...? – si mette a ridere.

– Ma no... Jean-Pierre è un amico, perché?

– No... così.

Poi mi mostra alcuni suoi disegni, delle foto di alcune installazioni, dei progetti che ha realizzato e ciò che vorrà fare.

Joëlle non dipinge, come sosteneva Jean-Pierre. Guarda quanto ne sa lui degli altri mi vien da pensare.

Poi con fervore mi parla della sua ricerca artistica, tratta della bellezza come fosse una qualità morale che gli uomini dovrebbero possedere, piuttosto che qualcosa di piacevole e semplicemente ritrovabile nell'arte.

Mi piace questo suo coinvolgimento.

Io d'altra parte muovo solo un po' la testa su e giù, dico sì, sì, sì, sorseggio appena appena la tisana, aspettando che si raffreddi... poi tutto ad un tratto si blocca, capisco che ha finito, mi guarda, come se non mi avesse ancora visto, e mi dice:

– Allora cosa ne pensi?

Cosa ne penso? mi viene da chiedermi...

– Interessante! – le faccio.

– Tutto qui? – incalza lei.

– No... forse ci dovrei pensare un po' di più!

– Perché, non ti basta quello che ti ho detto?

– No, no: quello che mi hai detto mi basta, certo. Sai però Joëlle, io non sono come Jean-Pierre... lui è certamente molto più bravo di me perché lui afferra le questioni in un batter di ciglia e ti dice tutto quello che serve in quattro e quattr'otto... io purtroppo non ho queste doti: io ci devo un po' pensare! – ma glielo dico con una punta d'orgoglio.

– Ah, ho capito; certo, ci devi pensare... – mi ripete.

– Eh! – le faccio, – comunque stai tranquilla perché appena ci avrò pensato...

Mi ferma.

– Sì sì, prima della mostra però!

– Certo, prima della mostra – ripeto. Ci salutiamo, esco.

Credo di averla delusa.

Ho paura però, ho paura che non le farò sapere più nulla, né prima né dopo la mostra.

Ma chissà, magari è solo una paura.

\*

Una testa lucida e marrone, un cappello blu, una borsa rosa, una cartelletta rossa stretta assieme ad una borsa blu, una cartelletta arancio vicina ad un libro stretto da mani d'uomo, nere e fasciate da una garza bianca. Una giovane rosso carota. Un piccolo bambino scuro, vestito già da grande.

Il posto si è liberato là.

Mi ci dirigo mentre la donna che l'occupava scende.

Un tipo vicino mi spinge, certo: vuole fregarmi il posto!

Spiacente: lo precedo.

Lui trova un altro seggiolino.

Figurati se uno così non lo trovava.

Fuori uno, fuori due, fuori tre… Ora la carrozza si è svuotata.

Ops! *Pardon*, si era quasi svuotata; altra gente l'ha rinvasa all'*Opéra*!

Quello che voleva fregarmi il posto è proprio qui davanti. Lo guardo di continuo, minaccioso, seppur attraverso il riflesso del vetro di fianco. Ha un'aria da scemo. Probabilmente sta pensando: ma questo qui cosa vuole?

Io nulla! solo un posto a sedere.

Tutti sul metrò vorrebbero un posto per sedersi, io non sono diverso dagli altri!

## IV<sup>a</sup> Lettera di Josef

*Maria la tua lettera mi ha profondamente commosso. E poi, di certo, hai ragione: l'amore non è una cosa che si possa spiegare.*

*Quando con i miei confratelli nel profondo della notte cantiamo le lodi alla Madonna, noi sappiamo cos'è l'amore. La Madonna ci è vicina, ci ama; perché noi aspiriamo ad ascendere al suo trono nel cielo; perché noi l'amiamo.*

*Sì, la giornata del monaco è sempre uguale. Certamente ciò potrebbe sembrare penibile, ma non lo è affatto per chi è invece avvolto dalle gioie del cielo.*

*Per costui l'uguaglianza è solo il ricordo continuo della bellezza dello spirito, di quella bellezza che la Madonna ci mostra incessantemente nella sua contemplazione.*

7        Prima – orazioni

8.15    Messa conventuale

9.15    Terza – orazioni

10       Studio o lavoro manuale

11.45   Sesta

12       Pasto – tempo libero

14.30   Nona

14.45   Studio o lavoro manuale

16.45   Vespri della Madonna

17       Vespri

17.45   Pasto della sera lettura – orazioni

19       Compieta

19.45   Riposo

23.45   Mattutino della Madonna e orazioni

0.30    Mattutino e Lodi

2.30    Lodi della Madonna e riposo


Questa è la vita del monaco.

Questa è la vita sempre uguale del monaco, perché il monaco si abitua a lasciare la vita.

Noi tralasciamo i piaceri mondani del secolo, non semplicemente per rinunciare alle attrazioni della carne e per essere moralmente più meritevoli degli altri, no di certo! bensì per non rischiare di smarrirci nell'illusione che questi, i piaceri, siano tutto!

Noi monaci abbiamo scelto la strada dell'ascesa verso lo spirito, perché è solo avvicinandoci all'eternità di Dio che possiamo sperare di non perderci nell'eternità del nulla.

*Cara Maria, ti dico queste cose per cercare di farti comprendere l'importanza di quello che sto facendo. Sappi Maria che non ho scelto questa strada per fuggire alla vita, perché è qui che la sto cercando, e nel pieno della sua essenza.*

*Immagino molto bene che queste parole possano sembrare un po' strane, per chi come te vive nel secolo. Io comunque non credo che ci si debba troppo lasciare intimorire dalle suggestioni.*

*Maria, so chiaramente che in alcuni momenti non sono stato molto attento ai tuoi sentimenti e che, come uomo, non ho potuto darti molto. Ma è vero, come dici: io ti ho amata, ma anche: io continuo ad amarti: hai ragione!*

*Questo sentimento che provo per te non posso nasconderlo, e tu lo sai.*

*La sua forza è grande e permane costantemente come la roccia più dura.*

*Io ho cercato di capirne il motivo; pensavo che prima o poi se ne sarebbe andato, speravo nel tempo, che come si sa guarisce ogni male.*

*Ma non è stato così, ed allora ho iniziato a pensare che forse tu non lo eri, un male.*

*Credo che la permanenza di questo sentimento sia un segno importante, e non un semplice accidente. Questo amore che non ha fine è divenuto parte del mio destino, ormai ne sono convinto; ma anche, così come mi dici, del tuo destino.*

*Credo perciò che il senso di questo amore sia il mio vero compito: il nostro compito Maria.*

*Pertanto se dapprima questo sentimento lo percepivo come un peccato, ora non più.*

*Sai, credo di aver capito che tutto ciò sta durando proprio perché anche tu ti trovi sulla mia medesima strada. Anche tu sei sulla strada che porta allo spirito. E' per questo che credo che il nostro connubio sia il connubio di un modo migliore d'amarsi. Un amore che spinge gli esseri ad uscire dal loro guscio, per unirsi alla grandezza di tutto ciò che esiste; la grandezza di Dio.*

*Forse Maria è questo il senso del nostro amore.*

*Con affetto Josef*

Sì è vero, anche il metrò ripropone sempre le stesse cose, tutti i giorni: le stesse fermate, gli stessi orari, le stesse persone. Certo, quest'ultima cosa si fa un po' fatica a sperimentarla; però è chiaro che le persone che viaggiano sul metrò sono sempre le stesse: lo si capisce dai loro volti.

Questi volti che si capiscono proprio perché si ha il medesimo sentimento. Questi è dentro, è ciò che muove la pelle, le rughe, la disponibilità degli occhi... è qualcosa d'identico: è la stabilità di qualche cosa che ci accomuna, oltre le apparenze.

Perché queste, le apparenze, quello che si vede, in fondo non sono altro che pezzi.

Sul metrò, come in genere dappertutto, non si vede mai nient'altro che pezzi: pezzi di mani, di borse, di gambe: un quarto di viso, un braccio che nasconde una gamba, un uomo che ne nasconde un altro, un altro che fa intravedere solo la schiena di una donna, un seggiolino che interrompe un maniglione, che cela un pezzo di finestrino...

Tutto è sempre frammentario e fugace alla sguardo, ma ciononostante noi sappiamo benissimo che in una mano c'è un uomo, in una schiena una donna... e che questi sono lì tutti i giorni, seppur sia sempre la prima volta che li vediamo.

Questa stabilità, invisibile ai nostri occhi, è visibile al nostro sentimento: sentirci parte-partecipe di ciò che ci accade.

Altre cose invece sono molto più semplici da rintracciare. Per altre stabilità, il più delle volte, basta invece anche solo guardare, come per gli orari. In effetti basta un colpo d'occhio alle affissioni per vedere che a Parigi il metrò inizia la sua prima corsa alle 5.30 circa. I treni poi si scandiscono sulle varie linee con periodicità regolare, sino alle 24.30 una di notte.

Ogni linea poi è percorsa nella sua interezza, e a tutte le stazioni i convogli si fermano. Su alcune linee i treni sono più frequenti, su altre meno, ma solamente alla sera o alla Domenica ci può essere una scansione di dieci minuti al massimo tra un treno e l'altro. Alcune linee inoltre a un certo punto si biforcano, in genere alcune fermate prima del loro *terminus*. L'ultima linea che hanno realizzato, la Quattordici, è totalmente automatizzata; qui il treno non ha neppure il conducente. Queste cose tutti i viaggiatori, almeno tutti i viaggiatori regolari e non per forza anche tutti i turisti, le sanno. Sì, proprio come tutti i monaci regolari del monastero conoscono gli orari e le attività della loro giornata.

Oggi in carrozza seduta di fronte ho una ragazza che indossa una t-shirt arancio, di un arancio molto vivo, con stampate delle margheritone blu, molto stilizzate, molto arrotondate. Porta anche degli orecchini rotondi, con al centro una pietra blu, anch'essa ovale. Ha inoltre una faccia cicciotella, senza spigoli, e persino l'orologio che ha al polso è rotondo.

E' ovvio che c'è un legame tra tutte queste cose.

Sì è ovvio!

Ogni regolarità ha il suo motivo, non è mai dovuta al caso, c'è sempre qualcosa o qualcuno che la stabilisce. Josef esprimeva questo motivo chiaramente, anche se in una forma un po' enigmatica: la vita del monaco è sempre uguale, perché il monaco si abitua a lasciare la vita.

Ma se qui si può comprendere qual è il tipo di vita che il monaco vuol lasciare, e verso quale si accinga: dove porta, e a cosa avvicina invece la vita che il metrò propone ogni giorno con la sua regolarità?


Stavo proprio pensando a queste cose quando appena fuori, appena rivista la luce del sole, incontrai Angel.

Sì era proprio lì, sul ciglio della strada, seduto e ripiegato su se stesso.

Eravamo stati per parecchio amici, poi lui però aveva iniziato ad evocare, con gli stupefacenti, 'il meraviglioso', e io non me l'ero sentita di continuare a rimanere troppo amici.

Era lì, vuoto.

E pensare a quanto avevamo fantasticato assieme, su quello che avrebbe dovuto essere il nostro futuro, su tutte le cose che avremmo dovuto fare. Poi però erano arrivate quelle magie. Sembravano la vera chiave di volta per tutto. Bastava un po' di coraggio... e via: nuovi mondi si aprivano! La vita, la vecchia vita, appariva l'espiazione indispensabile per tutti coloro, i codardi, che temevano di arrischiarsi ai limiti del conoscibile.

Ma di tutto ciò io avevo iniziato a dubitarne quando mi accorsi che l'unica cosa  importante era e continuava sempre ad essere, solamente, la magia stessa, e non tutto il resto. Anzi, per tutto il resto si diveniva invece sempre più ignoranti. Gli altri, inoltre, divenivano sempre più solo immagini senza un vero e proprio significato, di conseguenza: non c'era più nulla che potesse interessare veramente. Così un bel giorno mi sono detto che era venuto il momento di cambiare qualcosa, e quando lo feci, mi accorsi, per di più, di aver vissuto in un sogno, però con tutti i caratteri dell'incubo.

Lui invece non si era più distolto da quel sogno.

Era ormai lì, ormai incapace di reagire, ormai completamente annientato da se stesso.

Come mi appare ben chiara ora quella piccola frase di Josef, quel: "lasciare la vita".

Il non divenire vittima di se stessi, in fondo, non è una cosa poi così tanto lontana ed astratta.

In genere si pensa che dal proprio desiderio non si potrà mai essere traditi... ma invece non è proprio così! Anzi, se il tradimento degli altri si è più disposti ad accettarlo, o comunque se non altro è più superabile, di se stessi invece, generalmente, si ha una fiducia cieca!

Ma questa fiducia non è sempre così ben riposta. Ciò l'avevo imparato a mie spese.

– Ehi come va vecchio? – gli faccio con tono confidenziale.

Mi guarda ma gli serve un bell'attimo per arrivare lì, dove gli sto parlando. E quando ci arriva mi dice:

– Ah... ciao... ma... ah sei tu! Va va... sì va, e tu? – e poi ancora: – e a te come va?

Lo invito a bere un caffè, magari ha bisogno di qualcosa immagino, magari posso aiutarlo in qualcosa...

Lui accetta.

Ci raccontiamo dei momenti trascorsi, degli amici morti, ma vedo che è assente, che ha qualcos'altro in testa. Spesso guarda fuori; sì, aspetta qualcuno!

Io sono un po' depresso, mi accorgo che gli sto raccontando tutte le cose che non vanno. Credo di essere anche un po' pessimista, mi viene persino da dirgli che in fondo qualsiasi cosa si fa, non vale tanto la pena di farla, e che comunque tutto è uguale.

A questo punto mi blocca.

E come se per un attimo fosse tornato l'Angel che avevo conosciuto un tempo, e m'intima:

– No! non è vero! quello che stai facendo è importante, e devi continuare a farlo!

Rimango allibito. Ero caduto nella trappola dell'autocommiserazione. Mi aspettavo da lui la più ampia adesione al mio pessimismo, in fondo: chi avrebbe potuto sentirsi più ingannato di lui dalla vita? Invece no!

Poi ad un tratto mi fa:

– Devo andare!

Qualcuno fuori è arrivato.

– Al caffè ci pensi tu?

– Sì sì certo, l'offro io, – gli rispondo, ma lui è già fuggito. Alla porta però si volta ancora un istante, e in fretta alza il braccio; allora anch'io posso salutarlo.

Sparisce.

Lo vedo contento.

E sì che credevo di essere io quello che doveva aiutarlo.


Ieri ho trovato un messaggio sulla segreteria telefonica: era Jean-Pierre che mi chiedeva di anticipare il nostro consueto incontro, dicendomi che mi aspettava l'indomani alla pausa pranzo.

Io sono già in ritardo, sono le 14.20. La linea è perturbata. La voce dall'altoparlante avverte che un problema tecnico all'altezza della stazione *Maison Blanche* non rende possibile la regolarità dei convogli.

*Merde*, siamo alle solite!

Il telefono poi, qui da dove sono, non ha campo: non posso nemmeno avvisarlo.

Pazienza, aspetto.

La gente inizia ad accalcarsi sulla pensilina. Il treno arriva che già è stracolmo di gente. E' sempre così, sembrerebbe impossibile salire: invece no! so bene che non lo è! Bisogna solo entrare e spingere, finché si riesce ad ottenere quei circa quindici centimetri quadrati indispensabili a mettere i piedi dentro il vagone; poi bisognerà fare attenzione alla porta, bisognerà cercare di non lasciare fuori nulla. So che è così, non è la prima volta che mi capita.

Le porte aprono, qualcuno a fatica cerca di uscire, poi si divincola, strattona, esce.

Incredibile: persino una donna con la carrozzina riesce ad uscire. In effetti con tutta quella gente che attendeva non avevo nemmeno pensato che qualcuno avrebbe anche voluto scendere da lì...

Ecco: ora è il momento! Parto, cerco d'infilare il mio corpo di lato dalla parte meno larga tra il corpo degli altri. Alcuni fanno delle smorfie; si sentono dei gemiti, grevi, ma contenuti, poi dei *pardon pardon,* che forse cercano di ridare un po' di dignità umana a quell'ammassamento vergognoso.

Ce l'ho fatta! Sono dentro.

Adesso speriamo solo che nessuno abbia ingurgitato troppo aglio, o anche solo che non si sia troppo accaldato, dimenticando così ciò che potrebbero esalare dalle proprie ascelle. Almeno qui vicino spero.

Ecco, ora chiuderà la porta!

Il garrire di uno strano strumento acustico che non si può udire in nessun altro luogo oltre che sul metrò, è l'avviso.

E' anche il momento di trattenere il respiro.

Fatto.

La porta è chiusa.

Ecco, mi sembra di vedermi: a diciotto venti centimetri dal mio naso, leggermente sulla destra, una donna tiene il suo sguardo fisso sul soffitto, una donna dai capelli grigi.

Di fronte invece ho una grande schiena. Forse in cima c'è anche una testa, credo; testa d'uomo, ne sono certo! Ma non ci arrivo fino là.

Sulla sinistra c'è una borsa e un pezzo di donna a tre quarti rivolta dall'altra parte.

Cerco di allargare i piedi, per tentare di tenere l'equilibrio; non riesco ad arrivare a nessun maniglione.

Come me sono tanti.

Ondeggiamo ad ogni curva, ad ogni rallentamento, ad ogni accelerazione, come foglie del medesimo albero, come qualcosa che appartiene allo stesso vento. Mi viene da ridere quando penso che ancora tutt'oggi esistono toilette pubbliche per uomini distinte dalle toilette per donne, per tentare di evitare la promiscuità tra i sessi.

Tra i corpi intravedo una ragazza spiacciata sul vetro della porta; dietro di lei c'è un uomo che cerca di trattenersi, ma non può fare altro che imprimere in modo alternato la parte anteriore del suo corpo; imprimerla sul posteriore di lei. Questo ogni volta che gli strattoni del vagone glielo rendono inevitabile. Lei è piuttosto imbarazzata, ma cerca di non darlo a vedere, lui anche.

E' una strana forma di erotismo coatto quello a cui sto assistendo. Non si capisce bene se nei due prevalga la vergogna o il piacere. Del resto anch'io, nel momento in cui le porte aprono di nuovo, sono stranamente pervaso da un vago prurito, prurito da *voyeur* s'intende.

Così le porte aprono, e la costellazione del vagone (non mi è più possibile chiamarla carrozza) nuovamente muta.

La persone cercano spazi, o se non altro posture un po' più agevoli. Qualcuno tenta di guadagnare un maniglione. I più fortunati sono arrivati persino ai seggiolini centrali, quelli fissi, non ribaltabili. Gli ultimi arrivati invece si devono accontentare delle 'foglie dell'albero'. Io nei giochi ho guadagnato una parete, che se anche non è molto, è comunque qualche cosa di stabile d'appoggiarsi. La ragazza, quella di prima, è invece riuscita a mettersi di lato. L'uomo, anch'egli quello di prima, è stato portato via dall'ondata di gente che è entrata in massa.

Ora disto da lei non più di quattro o cinque persone, e un po' sono dispiaciuto per loro. In fondo mi era sembrato che stessero bene assieme.


Appena lo vedo Jean-Pierre mi redarguisce:

– Fai alla svelta che devo andare!

Allora senza batter ciglio cerco immediatamente i bigliettini in cui ho appuntato quello che gli devo dire, e inizio:

– In America il presidente è rientrato dalla propria residenza di Camp David prima del previsto. Alcuni giornalisti statunitensi sostengono che il fatto è dovuto ad una malattia della pelle del suo cane, la quale lo rende inquieto… – dico inoltre a Jean-Pierre che non ho ben capito chi dei due fosse l'inquieto. Ma lui mi fa cenno:

– Vai vai! vai avanti!

– In India non si è ancora trovata la causa del deragliamento del treno che l'altro giorno ha fatto 132 morti. Si dice: "forse una causa tecnica o un errore umano…"

– O forse un asteroide, – fa lui un po' sarcastico.

Vado oltre:

– Palestinesi ed israeliani vicini ad un accordo… bomba umana a Baghdad, 16 morti, tra i quali 4 militari americani… Il prezzo del greggio è aumentato anche oggi sui maggiori mercati…

E poi, dopo le cose che sembra non riescano mai a cambiare, le chicche, quelle per cui in fondo Jean-Pierre crede valga la pena di pagarmi, anche se poco:

– La famiglia reale ha annunciato ieri la tesoreria di stato britannica, è costata l'anno scorso l'equivalente di un litro di latte per abitante: bah. In Romania un giovane religioso è stato trovato morto all'interno di un monastero, dopo che era stato crocifisso da un prete e da quattro suore che l'accusavano di essere posseduto: demoniaco! Altra questione piuttosto complessa è invece quella di Christine e Annie, le quali si sono viste rigettare la loro richiesta di matrimonio. Christine è riconosciuta allo stato civile come femmina, dopo un'operazione chirurgica, Annie invece come maschio, nonostante dica di sentirsi femmina. Il giudice quindi, nonostante Christine e Annie risultino allo stato civile maschio e femmina, ha deciso che il matrimonio è inammissibile, dato che avverrebbe tra due femmine, nonostante entrambe originariamente fossero due maschi: sessualmente? E poi in Cina, un panda gigante specie seriamente minacciata d'estinzione, dapprima ritenuto dagli abitanti un ladro travestito, è stato catturato alla fine di una fuga durata alcune ore, sulla cima di un albero, e senza manette! Infine in Malesia diversi adepti della setta della teiera gigante (setta che appunto adora una teiera gigante) sono stati arrestati perché ritenuti fuori legge dalle autorità religiose dello stato. Il guru, che si era a suo tempo proclamato capo di tutte le religioni, è però…

– Ok ok, – mi ferma Jean-Pierre, – oggi non possiamo approfondire niente: devo proprio andare… ah, ora che ricordo: Joëlle mi ha chiesto se le hai preparato il pezzo per la mostra.

– No, non ancora, ma sto scrivendo alcune cose… – gli dico in fretta, anche se non è vero niente.


– Va bene, riferirò.

Allora va da lei, maligno.

Lo saluto dicendogli che comunque il guru era riuscito a scappare. Lui allora mi fa:

– Quale guru?

Oggi non mi va di prendere di nuovo il metrò, magari tornerò a piedi, che così mi muovo anche un po', o magari faccio follie: chiamo un taxi!

### IVª Lettera di Maria

*Caro Josef*

*dal momento che ho ricevuto la tua ultima lettera, m'è venuto un gran desiderio di scrivere una canzone. Non l'ho ancora fatto, o meglio, non l'ho ancora terminata, ciononostante vorrei cantartela ugualmente:*

La musica:

*Colore: verde, castagne dolci, profumo di menta.*

Le parole:

*Il mio grande amore vive*

*il mio grande amore vive nella tristezza.*

*E tutto questo è la felicità*

*e tutto questo è la mia felicità.*

La musica:

*Colore: noce scuro, profumo dell'acqua*

*sull'asfalto, pane secco.*

Le parole: *La tristezza del mio amore*

*è il mio amore,*

perché il mio amore vive nella tristezza.
E tutto questo è la felicità
e tutto questo è la mia felicità.


La musica:
Profumo dell'alba, colore celeste, mirtilli.


Le parole:
La tristezza salva il mio amore,
la tristezza del mio amore
conosce tutto del mio amore.
E tutto questo è la felicità
e tutto questo è la mia felicità.


La musica:
Profumo di mosto, colore viola, fichi ben maturi.


Le parole:
Questo non è poco per il mio amore,
 perché il mio amore è grande,
tanto grande
come la mia tristezza.
E tutto questo è la felicità
e tutto questo è la mia felicità.

*Ecco: la canzone del mio amore, della mia tristezza, della mia felicità.*

*Qui da noi siamo portati a parlare spesso di queste cose, e posso anche garantirti, a proposito. Esse trasudano dalla nostra Terra... sono una storia che ci protegge, è quanto desideriamo. Ma quello che in questa canzone è sicuramente inusuale, è il modo in cui queste parole stanno, qui, una vicino all'altra. E questo nuovo modo di stare assieme delle parole, è qualche cosa che proviene da te, Josef.*

*Ho sempre creduto che l'unico modo per gli uomini di fare qualche cosa di veramente umano, fosse tramite l'amore, fosse grazie al loro amore. Ma l'amore non vive solo nella luce, ha anche una faccia oscura, e questa, è l'aspetto della tristezza.*

*La tristezza giunge quando c'è l'amore, e tanto più l'amore è grande, e tanto più la tristezza ombreggia nelle pieghe della sua veste. Questo perché l'amore giace nel desiderio, e in lui vive. Ma dato che il desiderio non è mai la soddisfazione che si vorrebbe... allora la tristezza non può che esserci sempre, e sempre misurare l'amore.*

*Tu a questo punto potresti anche chiedermi: e la felicità cosa c'entra? Ma siccome sai che la felicità non è solo il risultato della soddisfazione di ciò che si desidera, non me lo domanderai!*

*Io sono felice Josef perché so che oggi è grande la mia tristezza ma anche perché so che oggi è grande il mio amore... e questa è la mia felicità, e io sono felice perché così so di essere pienamente umana, veramente umana.*

*Tu un giorno mi hai parlato di un compito della vita. Anch'io credo che questo esista, e ti dirò di più: che esista per ognuno di noi. Ma aggiungo anche che questo compito non può essere visto se si rinuncia a vivere la vita in tutti i suoi aspetti, ovvero se si rinuncia a vivere, a quello che comporta vivere.*

*Io oggi Josef credo di essere felice, nonostante la mia tristezza.*

*Almeno lo credo.*

*Con affetto Maria*

Quando per la prima volta avevo avuto questa lettera sotto gli occhi, mi aveva anche, per così dire, acceso la vista. Come appunto una luce che prima non avevo essa mi era giunta come la visione del giusto equilibrio tra il chiaro e lo scuro, tra il chiaroscuro dei sentimenti umani.

Maria in effetti mi offriva una visione e una comprensione della tristezza (del dolore), non tanto per ritenerla qualcosa che è solo un male, e come tale da eliminare, ma bensì di qualche cosa che attraverso il suo riconoscimento, ossia attraverso la comprensione della sua necessità, può permettere agli uomini di divenire più umani, o magari anche solo, umani; più, o anche solo se stessi: la felicità?

Questo riconoscimento avrebbe però dovuto richiedere del coraggio, questo è certo, perché l'accettazione di ciò che apparentemente sembra inaccettabile, è cosa veramente difficile. Maria di sicuro era anche una grande donna, di questo ne ero anche sempre più convinto.


Dopo l'invio a Dora di quest'ultima lettera trascorsero circa quattro settimane, dopodiché non avendo ricevuto altro, pensai di telefonarle. Mi rispose sua figlia dicendomi con evidente affanno che Dora aveva subito un'aggressione, e che si trovava all'ospedale di *Teresina*. Due uomini nell'intento di derubarla l'avevano scaraventata a terra. Lei aveva battuto il capo, e da circa tre settimane si trovava in stato d'incoscienza presso l'ospedale di quella città. Neppure i medici erano riusciti a determinare con esattezza i danni della lesione. Anzi, per loro, mi disse, non c'era nemmeno motivo per il fatto che sua madre fosse in coma, e che comunque si aspettavano dei miglioramenti.

Léia, così si chiamava la figlia di Dora, mi disse anche che quelle cose gliele avevano dette già poco tempo dopo l'incidente, e che comunque da allora erano trascorse tre settimane, e che di miglioramenti non ce n'erano stati. Lei e il padre di Dora andavano tutti i giorni a trovarla, nonostante la distanza. Questo anche perché i medici le avevano detto che sarebbe stato meglio che qualcuno, anche se lei non dava segni di vita, le parlasse, le facesse ascoltare della musica… Mi disse inoltre che pregava tutti i giorni, e che comunque era fiduciosa che prima o poi le sue preghiere sarebbero state esaudite.

Apprendere tutto ciò fu una vera doccia fredda. Con Dora non è che ci si conoscesse molto, questo certo, ma il mio sentimento nei suoi confronti era comunque forte. Ogni volta che mi arrivava una lettera di Josef sapevo che era lei a spedirla. Dora era sempre presente, invisibile forse, ma sapevo che tutte le lettere che inviavo in fondo erano per lei.

Io non scrivevo nulla: è chiaro! Maria le aveva scritte:certo! Io scrivevo solo l'indirizzo che era il suo.

Dora era divenuta in un certo senso la mia complice nel tentativo di rintracciare i motivi dell'esistenza, del perché, si vive, l'unica impresa che a mio avviso valga veramente la pena di essere tentata, nonostante di per sé sia sempre votata al fallimento.

Lei era divenuta mia complice, perché aveva capito, anche se io non gliel'avevo mai detto, che quello era il mio scopo, o sogno!

Forse l'aveva capito proprio perché era anche il suo? Chissà.

Del resto come sarebbe possibile comprendere qualche cosa per il quale non si ha mai avuto nessun tipo di esperienza: che non si sa, cosa sia. Credo che ci si possa comprendere solo quando si ha un qualche cosa di simile, qualche cosa in comune, altrimenti ci si capisce solo, ma senza intendersi.

Maria e Josef mi apparivano invece il chiaro esempio di chi si fosse inteso, proprio perché  compresi a fondo, fino in fondo!

Pensavo che avrei dovuto fare qualche cosa per Dora.

Durante la notte fui assalito da due sentimenti che si alternavano tra di loro, senza darmi sostanzialmente pace.

Il primo era il senso dell'impossibilità di fare qualcosa, mi dicevo: cosa si può fare per una persona che è in coma? non c'è niente da fare! neppure i medici possono in fondo nulla! io cosa potrei fare di diverso, io che sono solo un... non so neanche cosa. Figuriamoci!

L'altro invece era solo un senso di leggerezza, qualcosa che mi si posava sull'addome e come per magia cancellava tutti i ragionamenti: tutti quei conti che portavano sempre alla stessa somma: non c'è niente da fare! Ma era solo un attimo, e in quell'attimo un senso di euforia mi pervadeva. Sentivo che in quell'attimo avrei potuto fare qualsiasi cosa, e persino che ogni cosa che avessi fatto sarebbe in tutti i casi giunta a buon fine.

Ma era solo un attimo, o per lo più, perché i ragionamenti riprendevano poco alla volta corpo – il mio corpo – e io mi ritrovavo di nuovo immerso da quesiti sempre più complessi e irrisolvibili.

Erano le 5,37 del mattino quando presi la decisione, e lo feci quando mi arrivò per l'ultima volta la leggerezza: devo per forza andare da Dora! sì, ci devo proprio andare!

Dopodiché i ragionamenti cercarono ancora di pervadermi, ma la mia risolutezza fu esemplare, e fu così che mi addormentai.

La mattina seguente, si fa per dire dato che erano già le due del pomeriggio, non ebbi alcuna titubanza. Presi il telefono e avvisai Jean-Pierre. Lui mi chiese se doveva trovarsi qualche altro collaboratore al mio posto. Io gli risposi che comunque avevo intenzione di tornare, e che in ogni caso era lui che doveva pensarci. Riattaccò senza salutare. Forse avrei dovuto spiegargli meglio la situazione.

Il problema di fatto era che non c'erano molte cose da spiegare. E poi è probabile che non avrebbe nemmeno capito il perché di questa mia scelta così affrettata. O forse no?

Feci un po' di debiti, avvisai in Brasile dove dissero che mi avrebbero ospitato volentieri, e partii. Non ero mai stato in Sud America. Era il mese di Giugno. Là il caldo in quel periodo non avrebbe dovuto essere troppo insopportabile. Trovai un volo per *Rio de Janeiro*, poi da lì con un altro volo interno giunsi a *Fortaleza*, e infine con l'autobus partii per *Teresina*. Con i parenti di Dora mi ero accordato di trovarci all'ospedale. Arrivai là che ormai mi sentivo un fantasma. La pelle mi si era rinsecchita, le labbra asciugate. Le palpebre mi avvisavano tutte le volte che cercavano d'inumidire gli occhi. Non ero solo stanco, avevo l'impressione che il mio corpo avesse preso le sembianze delle pianure aride, del sole battente, della luce troppo chiara di quei luoghi. Continuavo a bere, e non avevo per nulla fame, forse nemmeno sete. Di certo la tensione per il viaggio contribuiva a quel mio stato d'animo, ma volevo a tutti i costi arrivare, e il prima possibile. Così non mi fermai da nessuna parte e nemmeno mi guardai troppo attorno.

A *Teresina* la prima e l'unica cosa che feci fu quella di cercare l'ospedale. Dora era al 6° piano, mi avevano detto, in una stanzetta, sola. Quando vi giunsi non c'era ancora nessuno.

Lei era là, distesa, sotto un lenzuolo bianco; gli occhi chiusi, due cannette nel naso, alcune flebo che le giungevano alle braccia. La cosa che più mi colpì fu la somiglianza con Maria, anzi, lei era più bella. I tratti del viso meno marcati, più dolci. In effetti lei era anche più giovane. Più giovane della Maria che io avevo visto in fotografia.

Non sembrava sofferente, nonostante tutte quelle cannette. Il suo viso era sereno, quasi sorridente. Tutto mi sembrava piuttosto strano, perché era la prima volta che la vedevo: era il nostro primo incontro. Lei del resto non sapeva nemmeno chi ero, avrei dovuto presentarmi, ma come avrei potuto, nel suo stato. Allora mi avvicinai e feci una cosa che non avrei mai fatto in altre circostanze: le accarezzai i capelli neri e lucidi, freschi e ben pettinati, di certo da qualcuno che le voleva molto bene. Poi le feci un'altra carezza, e poi un'altra ancora. Mi sembrava che più l'accarezzavo più lei sorridesse. L'infermiera, quella che mi aveva accompagnato, da dietro mi disse:

– Le dica qualcosa!

Io mi girai, la guardai, e feci un'espressione come per dire: dire cosa?

– Quello che vuole, – fece lei, e mi lasciò.

Ammucchiai le mie borse nell'unico angolo libero della stanza e mi sedetti a suo fianco su una vecchia sedia di ferro.

In quell'istante, non so perché, mi sembrò come se fossi salito sul metrò, e guardandola non riuscii a fare a meno d'immaginare:

Ecco, il solito suono, ora le porte chiudono, il treno parte.

E Lei è lì!

Lei è lì di fronte a me. Lo sento che è Lei.

Le forme del suo corpo si scorgono appena: sono lievi, ben levigate, sono una natura graziosa avviluppata nel bianco. La fronte liscia, uniforme, emerge appena dall'impeto dei capelli. Il naso invece leggermente ricurvo spicca sul volto: la forza dell'aquila. Non riesco a scorgere gli occhi, ma il lieve vibrare delle palpebre rivelano che lì sotto qualche cosa vive, qualcosa accade. Anche il respiro, ora che faccio attenzione, non è regolare. Sembra che Dora mi parli. Ho quasi l'impressione che quell'aria che emette si rapprenda in sillabe appena oltrepassato il petto. No, non sono parole... sono una canzone! La guardo, e più la guardo più sento quella canzone; le parole di Dora, di Maria, quelle di quella canzone triste, quelle di quella canzone che parlano e dicono del mio amore...

Ho la chiara impressione di vivere un sogno. Una magia. Quei momenti in cui tutto diviene segno, simbolo, rivelazione. Del resto la luce ed ogni suo riflesso nella stanza mi appare, mi appaiono, più che appropriata, più che appropriati. Non c'è niente che non dovrebbe essere lì in quel momento: ne ho la certezza.

Tutto ciò che è lì, in quel momento, non poteva che essere lì, e in nessun'altra parte!

E proprio in quell'istante mi vennero anche le parole che avrei dovuto dire.

Dentro di me un magma!

Tutto iniziò con una combustione convulsa, affrettata, roboante. All'altezza della gola la pressione mi fece persino male, ma poi le parole spiccarono:

– Dora! svegliati! Dora svegliati, perché ti amo!

Fu un attimo, e subito mi stupii di quelle parole che mi erano uscite dalla bocca. Fu probabilmente anche per questo che un pensiero mi si offrì immediatamente per permettermi di non sentire quello che con tanta forza avevo appena detto:

Come potevo amare una donna che non conoscevo nemmeno?

Cercai così di far finta di non aver detto niente, poi lei in fondo chi mi dice che avesse… che avesse sentito. Mi ero quasi convinto dell'essermi troppo immerso nella suggestione di quel momento, di sentirmi una sorta di principe azzurro, quando sulla porta apparvero Léia e suo Nonno.

Ma ormai tutto era compiuto!

Cosa lo fosse, certo questo non lo sapevo, ma nella confusione dei sentimenti, questa era la mia sola impressione.

Léia era una ragazza viva, aveva occhi limpidi e un sorriso di speranza quando mi ringraziò di essere lì. Suo nonno invece, il padre di Dora, era un uomo robusto: uno di quegli uomini che si portano sul proprio corpo l'esperienza della vita. Aveva le mani grandi e l'età ormai avanzata, questa non si celava nei suoi movimenti, lenti ed incerti; ciononostante una padronanza della situazione rimaneva conquistata nel suo sguardo; uno sguardo senza tremore, disse solo:

– Vede, quella è mia figlia, la mia unica figlia, e questa è mia nipote, la mia unica nipote.

Ma non lo diceva con rammarico, anzi, con fierezza.

In fondo era una discendenza nobile la loro, se non di sangue d'umanità certo, mi dissi pensando a Maria; ne aveva tutto il diritto d'essere fiero!

La sera Léia e suo nonno Aécio mi portarono da loro. Vivevano in un'abitazione modesta, ma graziosa. Léia praticamente era cresciuta lì, dal momento in cui sua madre, dopo un matrimonio fallito, vi si era stanziata quando lei aveva appena due anni.

Rita, sorella di Maria, moglie di Aécio e madre di Dora, era invece anch'essa morta da qualche anno. Il Nonno invece aveva lavorato presso un'azienda mineraria, e ora in pensione coltivava un appezzamento di terra dove teneva anche degli animali tra i quali alcuni cavalli: la sua vera passione! Léia studiava, voleva divenire ingegnere agrario, mentre Dora, mi dissero sorridendo:

– Lei è una sognatrice, – mi fece il Nonno.

– Sa, lei è… è una poetessa! – rimarcò Léia ridendo.

– In pratica ha fatto tanti lavori e di sicuro tanti ne farà ancora – sottolineò Aécio con una fermezza che non dava alcuno spazio alla supposizione.

– Dora, – mi fece ancora lui, – assomiglia in tutto a sua zia, e non solo nell'aspetto come lei può vedere – indicando una foto appesa al muro, – ma anche in altre cose. Sa… – e proseguì, – sono quelle persone che nella vita sembra non determinino mai nulla, ma che poi quando vengono a mancare, o comunque la loro presenza è in pericolo, ci si accorge di quello che si è perso, o si sta perdendo.

Dopo queste parole a Léia scoppiarono le lacrime.

Aécio aveva toccato un nervo scoperto.

Allora in un qualche modo cercò di rimediare proponendo un brindisi:

– Al suo arrivo! – mi fece, e poi alzandosi in piedi disse: –

e per la guarigione di Dora!

Léia a quel punto cercò di asciugarsi gli occhi, e con voce stentata si sforzò di dire:

– Sì... sì certo ...

*

Dormii con estrema convinzione quella notte, poi verso le dieci del mattino appena dovetti riaprire gli occhi, vidi ancora il viso inumidito di Léia che con foga mi chiamava, ma questa volta piangeva di gioia:

– Mamma ha riaperto gli occhi! – mi fece urlando quando anch'io stavo ancora capendo cosa volesse dire operare quella semplice ma ardua operazione di risveglio, nonostante il mio fosse di tutt'altro genere.

– Ha riaperto gli occhi! – mi ripeté ancora per alcune volte, non so quante. Al ché capii cosa era successo, e l'abbracciai come se stessi ancora sognando, senza però riuscire a dire nient'altro, nient'altro oltre a:

– Bene, bene...

Poi mi comunicò che lei e suo nonno si sarebbero fatti accompagnare in macchina da un loro amico, e che non avrebbero aspettato l'autobus perché volevano andare subito da Dora. Mi disse che c'era posto anche per me.

Io al momento non seppi; mi prese come una sorta di paura; paura che in qualche modo centrassi con quel risveglio, ma soprattutto paura delle parole che avevo detto, e del fatto che Dora le avesse potute intendere. Nell'imbarazzo presi tempo, poi quando fu il momento di partire le dissi che forse era meglio che Dora vedesse prima le persone più care, e che poi magari in un secondo momento, anche per non sottoporla troppo all'affaticamento di eccessivi stimoli percettivi (ero ormai anche una specialista in materia), in un secondo tempo, sentendo anche il consiglio dei medici, sarei sì andato a trovarla.

Delusione e contrarietà apparsero nell'espressione di Léia: era chiaro che non le quadrasse quell'eccessiva premura, ma non aggiunse altro, non volle, non insistette:

– Va bene va bene... ci vedremo questa sera allora, – e partì.

Sentii di essermi comportato da codardo. Allora cercai di allontanare quella sua espressione che mi rodeva dentro, quella delusione che le avevo procurato, e andai a piedi in giro per il paese, proprio per cercare di catturare qualche immagine meno fastidiosa. Ma in quelle vie, in quelle case, in quei visi, in quegli sguardi, non trovai distrazione, ma prese ancor più forma il mio fastidio.


Avevo paura che il sogno potesse disciogliersi davanti a degli occhi aperti!

Avevo paura di quegli occhi, aperti, i quali avrebbero potuto cancellare il mio sogno!

Il mio sogno in fondo era là, assieme alle parole alle quali l'avevo consegnato, quando avevo chiesto a Dora di risvegliarsi. Ma quegli occhi aperti l'avrebbero potuto cancellare facilmente. Avrebbero potuto mostrarmi il fatto che la vera Dora non aveva nulla a che fare con i miei sogni. In fondo sarebbe anche stato molto facile; il mio timore non era infondato, dato che la realtà non corrisponde mai ai sogni, questo chiunque lo sa.

Allora avevo preferito non arrendermi subito, avevo preferito dare ai sogni ancora un po' di tempo, un po' di vita.

Ma il mio vagare in quel paese non era completamente disinteressato. Cercavo dei segni, degli indizi. Sapevo che era lì che aveva abitato Maria. Cercavo delle tracce, o qualsiasi altra cosa mi potesse far dire: sì, è vero, è qui che ha abitato…

Ma non trovavo niente!

Come poteva non esserci più niente? continuavo a chiedermi. Come poteva essere sparito tutto in così poco tempo?

La cosa m'inquietava.

Uscii allora dall'abitato prendendo la strada principale, l'unica che conduceva dentro e fuori dal paese. Su quella strada un grande albero accampato nella secca solitudine della pianura catturò la mia attenzione. Lasciai il ciglio della strada e mi addentrai in quella natura pensando di andare a riposarmi un po' presso l'ombra di quella pianta, così gigantesca.

Quando fui là, notai però che non ero stato il primo ad avere quell'idea. Sotto l'albero c'erano impronte d'uomini, d'animali, alcuni mozziconi di sigaretta, dei tappi di bottiglia, una lattina… ed altre cose ancora. Ma quello che più mi colpì fu un frammento di giornale che riportava il nome di "Regina". Era in grassetto, e probabilmente era una parte del titolo di qualche articolo. Poi vicino a questo frammento trovai anche una piccola corona del rosario, di color rosso, e con solo dieci grani, ma con al centro una piccola croce.

Quel ritrovamento mi entusiasmò.

Quel frammento di giornale non era casuale, mi dissi, altrimenti perché proprio quel nome vicino ad un rosario? Ma poi: neppure quest'ultimo poteva essere stato perso, non poteva essere stato perso proprio lì, vicino a quel frammento, continuai a pensare. Voleva dire che qualcuno ce l'aveva lasciato, e che magari in quel luogo aveva pregato, ma forse, avrebbe anche voluto tornare a farlo: ritornarci lì.

Tutte quelle cose mi sembravano come gli elementi di uno strano apparato, di una strana macchina per viaggiare spiritualmente, forse.

La grande pianta che si ergeva come una cattedrale nel deserto avrebbe potuto essere il suo involucro, la sua parte fisica. Il frammento invece la mappa: quello che bisognava trovare, dove ci si doveva indirizzare. E in fine il rosario: motore: ciò che doveva scandire tempi e modi di un processo di un'azione.

In quel luogo mi venne da pensare a Josef, alla sua vita da monaco. Probabilmente era un luogo come quello che lui nella sua vita aveva cercato. Vivere in un monastero non doveva essere poi molto diverso dal viaggiare con la macchina che avevo sotto gli occhi.

Allora tutto ad un tratto mi venne il desiderio di provare, di provare a far partire quel mezzo.

Presi in mano la corona e iniziai a tastarne i grani, sentirne la consistenza la rugosità della superficie, valutarne la rotondità. Con il pollice presi poi a giocare con un grano e a cercare di farlo girare su se stesso sopra il mio indice, e infine il pollice fece forza verso il basso e il grano andò giù, a nascondersi, giù nel palmo della mano. A quel punto, quasi come per incanto, un altro grano era apparso all'altezza del mio indice, e il mio pollice poteva così mettersi a giocare con un nuovo grano, che però era del tutto identico al primo.

Era il miracolo della corona del rosario: ad ogni grano che si scartava, subito un altro ne compariva, e questo poteva avvenire all'infinito.

Una cosa così semplice e banale come può essere a prima vista una corona di grani, aveva invece in sé una potenza enorme, aveva in sé la grandezza dell'infinito!

A questa constatazione il mio stupore accrebbe, così come la mia meraviglia. Ma nonostante fossi riuscito ad azionare il meccanismo, mi accorsi che quello era solo un meccanismo;

ovvero avevo solo acceso il motore, perché come con un'autovettura in cui non s'inserisce la marcia, così anche quel motore girava a vuoto.

Sapevo quindi che avrei dovuto pregare, ma non era una cosa facile. Anche perché lì non bastava solo una preghiera per così dire... spontanea, così, fatta al momento. Dovevo cercare di ricordarmi gli insegnamenti appresi quand'ero ancora bambino: l'unico momento della mia vita in cui avrei dovuto imparare a pregare. Ma allora continuare a ripetere sempre le stesse cose, lo consideravo un'assurdità, e mi annoiava a morte. Ora però era forse venuto il momento di capire quell'assurdità mi dicevo, e ce la misi veramente tutta.

Mi ricordai quando a Maggio durante il mese dedicato alla Madonna, avvolto come un corvo dalla sua tonaca nera, anche il naso ora che ci penso era da corvo, il prete giungeva nel mio quartiere per recitare il rosario. A quelle adunate c'erano sempre diverse donne, alcune molto pie, e poi anche molti bambini che in genere non superavano la cintola degli adulti, e anche qualche uomo, solitamente piuttosto bigotto, piuttosto devoto. Mi venne in mente la cantilena. Il ricordo mi si affacciò proprio assieme a quella nenia che era anche ciò che lo conservava. Era lui, era il prete che iniziava la preghiera, e sempre con la stessa intonazione, e diceva:

— Ave Maria piena di grazia il Signore è con te sia benedetto il frutto del tuo seno Gesù, e poi tutti gli altri man mano con sempre meno convinzione eccetto qualche soprano ed altre voci stridule:

— Santa Maria madre di Dio prega per noi peccatori adesso e nell'ora della nostra morte...

E alla fine dopo aver ripreso un po' il fiato, ma a questo punto ormai finalmente tutti pienamente d'accordo e convinti veniva la parola: Amen!

Quest'ultima parola la si diceva tutti assieme, prete e fedeli, ed era forse anche l'unica che io pronunciavo, almeno per quello che mi ricordo. Mi piaceva quella parola. Riempiva la bocca d'aria ed il suo gusto era quello di qualche cosa che finiva, che metteva fine, finalmente.

Ma era solo per un attimo perché il piacere non poteva durare a lungo. Era il prete con il suo nuovo e medesimo Ave a ricominciare il tutto.

Questa rievocazione mi permise di ricordare la preghiera. Sapevo che probabilmente c'erano degli errori, forse mancava pure qualcosa, ma io non avevo grandi pretese: non pretendevo di viaggiare compiutamente! Mi sarebbe anche solo stato sufficiente che la macchina si muovesse, e per questo credo che la preghiera, così come me l'ero ricordata, sarebbe potuta bastare.

Iniziai quindi a recitarla, e poi, ogni volta, quando alla fine scartavo un grano, ne recitavo ancora una, e così via. Ma non ricordavo per quante volte avrei dovuto farlo, forse per cinquanta mi pare.

Ma c'era anche un altro problema: quando fossi arrivato alla croce, perché tra i grani rossi c'era anche quella, cosa avrei dovuto fare? Passare oltre senza far finta di nulla? No, non credo! Mi ricordavo che il prete diceva qualche cosa ogni dieci Ave Maria... o forse era ogni cinquanta? in effetti la sua corona era anche più grande, certo, era più grande e più lunga.

Avendo in testa queste cose recitai qualche Ave Maria, non so quante, ma non successe proprio nulla. La macchina era ferma, anzi, io divenivo sempre più confuso!

A quel punto gettai la corona per terra, dove l'avevo trovata, e me ne andai!

Che stupido che ero stato, pensai subito, come avevo potuto illudermi che quella macchina avrebbe potuto partire, così, senza alcun metodo, senza alcuna passione!

Mi sentivo addosso l'onta della profanazione. Mi sentivo come chi si vuol mettere addosso i panni di qualcun altro, e per di più furtivamente. Mi facevo veramente pena. Quella non era la mia macchina! io non ero qualcun altro! Ecco il sentimento che iniziò a pervadermi.

Iniziai anche a mettere in forse i motivi del mio trovarmi in Brasile.

Cosa volevo io da quei posti, da quella gente? Cosa centravo io con quella terra, la loro Terra, e con quella storia, la loro Storia; io che avevo solo comprato, come chiunque avrebbe potuto farlo, le lettere di Maria!

Lettere che non erano per me, che non avrebbero quindi mai potuto essere mie, perché erano per qualcun altro, perché erano le lettere di qualcun altro!

Cosa centravo io con quelle storie e perché volevo immischiarmene.

Ma poi: quale era veramente la mia storia?

Ero persino arrivato a convincermi che Dora si era risvegliata per me, grazie al mio amore. Amore che neppure io sapevo di avere.

Che amore poteva essere quello? continuavo a chiedermi. Dovevo stare attento, perché la mia fantasia poteva essermi fatale. Dovevo cercare quello che ero, ero veramente, invece di mettermi nei panni di qualcun altro, tentando di ricreare quello di cui ero stato solo testimone: la grande storia di Maria e Josef. Quella era la loro, per me era solo un racconto, un mito. Io dovevo cercare la mia Storia!

Ma io ero lì.

Io ero testimone di quella storia. Questa testimonianza faceva anche parte di me, ma io dovevo fare attenzione, io non ero quella testimonianza!

Fu in questa confusione d'idee e di sentimenti che decisi di tornare a Parigi.

*

Nonostante la sua rudezza Aécio si dimostrò un uomo di grande sensibilità. Quando inventai la scusa per cui dovevo tornare in tutta fretta, persino mi giustificò nei confronti di Léia. Di sicuro aveva capito qualcosa di più di quello che avevo capito io. Ma chissà cosa.

Léia infatti rimase perplessa. Difatti la scusa che avevo trovato era del tutto insensata: avrei dovuto tornare in tutta fretta perché avevo dimenticato di lasciare la porta aperta al mio gatto.

Io, che tra l'altro non avevo mai avuto un gatto!

Ma pensandoci ora credo che allora avevo inventato una scusa idiota proprio perché volevo che si mostrasse come una scusa: per far capire che era solo una scusa. Di certo Aécio non aveva trovato grande difficoltà a capirlo, ma probabilmente neanche Léia, solo che quest'ultima diversamente da lui non era probabilmente riuscita ad immaginarsi per questa scusa idiota un motivo valido.

Dora invece, quando li rivide, li aveva subito riconosciuti mi dissero.

Parlava sì ancora con un po' di difficoltà, questo certo, ma i medici sostenevano che non essendoci danni cerebrali a breve avrebbe dovuto completamente rimettersi.

Quando le dissero che ero stato lì il giorno prima, sorrise, poi dimostrando anche una buona e incoraggiante memoria, accennò a sua figlia di farmi avere la lettera di Josef, quella che ancor prima che le succedesse l'incidente aveva preparato da spedirmi.

Dopo essere rincasati quel giorno Léia uscì nuovamente e io mi trovai solo con Aécio per tutta la serata.

Sarà stato forse un po' il vino, che non risparmiammo, come di sicuro la felicità per il risveglio di Dora, sta di fatto che Aécio quella sera mi raccontò tantissime cose. Soprattutto mi parlò di Maria e di Josef. Praticamente mi disse tutto quello che avrei saputo sulla loro storia, e che non avevo potuto dedurre dalle lettere. Era stata sua moglie Rita a parlargliene, anche perché Maria non gli aveva mai detto nulla. Lui aveva conosciuto Rita al ristorante. Mi disse che quel luogo era allora talmente famoso, che ci veniva gente persino da *Fortaleza*. Maria era voluta bene da tutti, ed era anche veramente difficile non subire il suo fascino. Lui amava ascoltarla cantare, e ci veniva spesso a sentirla. Inoltre mi disse che Maria aveva ricevuto diverse offerte di matrimonio da persone anche molto ricche e potenti, ma non si sposò mai. Secondo Aécio era una specie di Penelope; aveva tanti spasimanti ma non si risolveva mai a dirgli né di sì né di no. Sembrava sempre che la sua scelta sarebbe arrivata il giorno dopo, ma per tutti quel giorno non arrivò mai.

Anche Aécio non rimase indifferente al suo fascino, ma poi conobbe Rita.

Rita, mi raccontò, non era luminosa come Maria. Se Maria poteva apparire come una stella, Rita nei suoi confronti era solo un pianeta che le ruotava attorno. Questo in apparenza, perché quando poi iniziò a conoscerla si accorse invece che entrambe erano fatte della medesima sostanza. Per questo quando sposò Rita lui ebbe l'impressione di aver sposato un po' anche Maria.

Di certo era anche l'unico modo per farlo, pensai tra me.

Poi tutto ad un tratto Aécio mi guardò negli occhi e sollevando le sue sopracciglia mi fece:

– Adesso però sta a lei giovanotto! – posandomi la sua mano, la sua mano d'uomo sulla spalla.

Ma... stava a me che cosa?

Era come se in quell'istante lui stesse consegnandomi una specie di eredità spirituale, come se tutto ciò che mi stesse raccontando me lo raccontasse perché io lo potessi serbare e a mio tempo dare a chissà chi altro. In effetti quella era la storia di una vita, ossia qualche cosa che può essere comunicato solo all'interno di un rapporto tra viventi: un dono dell'uomo per l'uomo. Ciò perché la storia della vita non può essere mai solo una storia. Difatti è solo essendo nella propria storia che si può capire anche quella degli altri.

Era forse per quello che Aécio mi aveva scelto? Perché aveva capito che stavo cercando di vivere, anche seppur con grande difficoltà, la mia vita? Queste domande mi affiorarono senza sapere bene il perché, ma ebbero l'effetto benevolo d'incoraggiarmi, offrendomi un po' di buon umore. Fu così che con una fiducia un po' strana devo ammetterlo, con fiducia nella mia confusione decisi di andare fino in fondo, e di affrontare con Aécio quelle questioni che non si vorrebbe mai affrontare, ma che rimangono comunque lì. Sono le cose più difficili, quelle per cui ci vuole un po' più di coraggio, ma che comunque appartengono anch'esse alla storia della vita.

Chiesi quindi come fosse morta Maria.

Lui mi disse che un cancro in pochi mesi l'aveva portata via, e che nonostante dei forti dolori all'addome che non le davano tregua, Maria comunque morì serena: "quasi quei dolori in fondo non fossero i suoi" sostenne Aécio. Poi con mia grande sorpresa mi disse che tre giorni prima della sua morte ricevette all'ospedale la visita di un monaco, vestito completamente di bianco, e con una folta barba, anch'essa bianca. Maria non disse chi era quell'uomo, solo a Rita confidò che era Josef. Nemmeno lei però seppe cosa lui le disse quel giorno...

Seguì un momento di silenzio, perché quei ricordi chiedevano rispetto, lo chiedevano pienamente, ma poi capii che il silenzio doveva finire:

– E Rita invece?

– Lei, la mia Rita, ci ha salutato sei anni dopo…

Aécio riprese fiato, come se avesse di fronte un sentiero impervio. Rievocando quei fatti ne stava rievocando anche tutto il loro dolore, e si vedeva che era ancora lì, in superficie, quello. Poi seppur con fatica riprese però a parlare:

– E all'età in cui era morta anche sua sorella, ed ironia del destino, anche lei per lo stesso male. Come vedi, – mi fece ormai in tono confidenziale, erano veramente fatte della stessa sostanza!

\*

La notte quasi non chiusi occhio. I racconti di Aécio mi avevano colpito; mi avevano coinvolto a tal punto che, non so come, ma mi sembrava che poco a poco anche il mio essere lì, in quel luogo, iniziasse ad avere un qualche senso.

Del resto che anche Josef ci fosse stato, lì, mi sembrava qualcosa di veramente straordinario, e tra l'altro anche in termini molto simili ai miei: a trovare una donna, per l'amore di una donna, in condizioni tragiche... C'era qualcosa che si ripeteva. Non era la stessa storia certo, ma comunque in altri termini forse una sorta di continuazione.

Era come se in me si stesse attuando una sorta di rinascita. Come se il mio patrimonio genetico stesse subendo una nuova acquisizione, dopo quella ricevuta all'inizio della mia vita. In questo caso era un patrimonio acquisito spiritualmente, non biologicamente, ma che mi sembrava entrasse ciononostante nelle mie cellule, e a pieno titolo. Avevo l'impressione che la mia avventura in Brasile, assieme a tutta la storia di Maria e Josef, stesse imprimendo in me qualcosa di nuovo, che non possedevo prima. Era qualche cosa di molto forte, e per questo ero anche un po' intimorito.

Devo comunque dire che le basi non mancavano. Nel Brasile avevo sempre riconosciuto i tratti della verginità umana, i tratti più propri del 'Nuovo Mondo'. Un mondo che può essere ancora nuovo, proprio perché può offrire ancora anche un nuovo modo di vivere. Qui avevo l'impressione che l'affetto e la sua dimostrazione contassero ancora qualcosa, e che ciò fosse il terreno migliore affinché il bene, nella sua semplicità, potesse ancora attecchire, almeno più che non in altri luoghi. Luoghi avvizziti nelle loro certezze, irrigiditi dalle loro verità supreme: scientifiche, economiche, sociali, religiose... verità troppo poco disinteressate perché possano essere ancora qualcosa che può far bene... Ero felice che quel mito, il mito della genuinità degli uomini, non mi si fosse sgretolato, e che avesse retto il confronto con la realtà: in questo caso la mia breve visita in quella terra.

Un'altra cosa che mi colpì furono anche tutte quelle coincidenze riguardati la morte di Maria e Rita. Mi chiedevo se tutto ciò fosse veramente casuale. E se invece non lo fosse, pensavo, a quale disegno stavano corrispondendo? ma anche, e più in là: ammesso che potesse esserci un disegno: chi ne era l'autore?

Mi sembrava troppo facile dire che c'è un destino e che questo sta nelle mani di Dio. Una formula esaustiva, certamente, che mette al riparo da tante intemperie, da tanti dubbi.

Ma quello che io stesso e in quello stesso giorno avevo sperimentato era qualche cosa d'altro; era qualcosa che certamente possedeva la sua buona quantità di mistero, ma che non era comunque nemmeno completamente estraneo ad una buona quantità di logica. In fondo ero io che in quella grande pianta avevo visto una cattedrale, e sempre io che avevo fatto tutte quelle associazioni: il rosario, il frammento, Josef... Ero io che avevo letto quelle cose in quel modo! Di certo qualcun altro non l'avrebbe mai fatto così, come feci io!

Beh, che tutte quelle cose si trovassero là, questo è fuori dubbio, però il significato che presero per me fu completamente opera dei miei desideri, della mia fantasia. Ma questo significare in modi sempre così diversi, e sempre anche così relativo al proprio mondo interiore con le conseguenti implicazioni nei confronti delle scelte che poi si fanno o meno nella propria vita, cosa centrava con un ipotetico destino già stabilito da qualcuno, seppur anche grande, come ad esempio un dio?

Alla mattina di buon ora preparai la mia borsa. Léia andò a prendere la lettera di Josef e me la infilò in tasca aggiungendo:

– E la prossima volta si ricordi di lasciare la porta aperta al suo gatto!

– Certo – feci io, e poi aggiunsi: – il problema è che viene sempre più spontaneo chiuderle-le porte, chiuderle anche con la chiave, magari, piuttosto che lasciarle aperte.

Sorrise: forse mi aveva perdonato.

Aécio invece mi strinse semplicemente la mano. Io li ringraziai per l'ospitalità e poi, prendendo con le mie borse la direzione dell'uscita, mi voltai un'ultima volta: erano ancora là, decisi di salutarli di nuovo, feci cenno, loro ricambiarono, e Aécio mi urlò:

– Lascia pure il cancello aperto... che tra poco usciamo! Sorrisero entrambi.

Anch'io sorrisi.

Chissà se li avrei rivisti.


Durante il ritorno mi lasciai cullare dal fresco ricordo di tutte le emozioni che avevo provato. Mi rimaneva il rimpianto di non essere andato da Dora, quello sì. Lo sentivo come una mancanza, come qualche cosa che non ero stato capace di fare. C'è da dire che l'emozioni di quel viaggio erano però state tante.

Aprii la lettera di Josef quando distavo ormai solo due ore di volo da Parigi.

## Vª Lettera di Josef

*Maria*

*la tua canzone mi ha veramente commosso. Quando l'ho letta ho sentito la tua voce, ho sentito la tua musica risuonare nella mia cella. Non potevi farmi un regalo migliore. Ti ringrazio di cuore, veramente.*

*Sai Maria, di fronte alla mia cella c'è un piccolo giardinetto racchiuso in quattro mura. E' una specie di giardinetto privato che ogni monaco ha vicino alla sua abitazione e che coltiva liberamente. Il mio io l'ho chiamato Mondo. Quando vado nel Mondo, che è appunto il mio giardino, non posso vedere molte cose, perché ci sono le mura di lato che occludono la vista. Queste quattro mura sono il mio isolamento, sono la mia scelta.*

*Annullando quella vista che può allungarsi all'orizzonte, però io non guardo più quello che al mio giardino non serve. Quando vado nel Mondo io vedo solo in basso, la sua terra, e in alto, il suo cielo. Questo è anche tutto ciò che gli serve. Le piante per crescere non hanno bisogno d'altro; di questo me ne sono accorto lavorando nel Mondo. In questo giardino coltivo diverse piante, alcune mi offrono del cibo, altre solo dei sapori, mentre altre ancora sono lì solo per i loro colori, per la loro bellezza.*

*Quando metto a dimora una nuova pianta devo però fare attenzione a quali saranno i suoi bisogni: quale terra, quanta luce, dove arriva più o meno acqua quando piove… perché nonostante il mio giardino non sia molto grande, nel suo piccolo presenta proprio tutte le sfumature che potrebbero esistere in un luogo molto più grande.*

*Ma nonostante faccia attenzione a tutte queste cose, io devo considerare anche quali sono le piante che quella nuova avrà al proprio fianco, perché quello che mi sta molto a cuore è che comunque nel mio giardino le piante non si rubino terreno tra di loro, non si facciano ombra l'una con l'altra… Sono molto attento a che possa dimorare la pace nel mio giardino. Ma un'altra cosa che osservo, prima di collocare una pianta, sono le nuvole bianche del cielo. Tu mi dicevi sempre che le nuvole bianche nel cielo non erano lì per caso, ma che lo erano per farci vedere come potrebbe essere bella anche la nostra terra, se solo ascoltassimo un po' di più le loro fantasie. Io ho ricordato questa cosa e mi sono accorto che non era una stravaganza. Non lo è perché tutte le volte che devo mettere una nuova pianta, so che essa avrà pure un significato nel mio giardino, e che questo le giungerà dal modo in cui sarà stata in grado di stare assieme a tutte le altre.*

*Quindi io m'ispiro alle nuvole, perché esse sono la perfezione dei rapporti. Quando guardo le nuvole bianche nel cielo, io vedo i loro giochi, e questi sono sempre giochi d'amore. Non ho mai visto una nuvola bianca danneggiarne un'altra, farle del male: nulla di tutto ciò. Le nuvole si spostano, salgono scendono, si trasformano si uniscono, una con l'altra, si dividono... Esse fanno tutto ciò che fanno anche gli uomini, ma senza violenza, senza odio, perché le nuvole vivono nell'aria, vivono a contatto con lo spirito. E' per questo che io guardo le nuvole quando devo piantare una nuova pianta.*

*Il mio giardino è perciò come credo dovrebbe essere il mondo. Il mio Mondo non è altro che il riflesso del cielo e delle sue nuvole bianche. Credo perciò che la terra non dovrebbe essere altro che qualcosa di molto simile ad uno specchio d'acqua che riflette il cielo.*

*Sai Maria, l'ultima pianta che ho messo a dimora ha un nome: è il tuo.*

*So che farà solo del bene al mio giardino, proprio come tu hai fatto a me. Tu, la nuvola bianca che è apparsa nel mio cielo, sei una piccola pianta, senza grandi foglie, e con dei fiori rossi. Ci vuole un po' di attenzione per scorgere quella pianta, non è evidente come molte altre, ma quella pianta è la regola del mio giardino, perché so che lei è nelle mani migliori: le mani del cielo, le mani di Dio.*

*Josef*


Ripiegai la lettera, stavo volando, e non solo con l'aereo. Tra tutte le missive di Josef lette fino ad allora, era quella più ricca di sogno. La sua magia stava nel fatto che ciò che lì si narrava, e con quelle parole, era quello a cui Josef aveva rivolto la propria fede, ma non solo, anche la propria vita. Questa unione tra il credere ed il vivere era una cosa veramente straordinaria. Questa unione era in fondo la forza di quello che veniva detto, era il suo potere seduttivo, la sua capacità d'incantare.

Mi svegliai dalla magia che mancava solo un'ora all'atterraggio. Fuori il cielo stava cedendo il suo azzurro alle variazioni del tramonto. Cercai qualche nuvola, magari bianca, ma non c'erano. Solo alcune striature all'orizzonte, degradanti dall'arancio intenso al giallo paglierino. Erano solo dei segni, come una cornice, alla fine del cielo.

Comunque di quelle bianche ne avevo viste parecchie nella lettera di Josef, potevo essere soddisfatto.

E fu a quel punto che mi riapparvero le immagini del sogno che avevo fatto, quello in cui ero su quell'ascensore che non si arrestava e finiva per prendere il volo. Fu proprio al punto in cui sotto iniziavano ad accendersi le prime luci.

Anche lì, come nel sogno, iniziavano a formarsi le prime righe, le prime curve, le prime esse, i primi quadrati, i primi scarabocchi... Così come nel sogno anche lì non riuscivo a staccarmi dal vetro... e sempre come in quello, anche lì mi si formarono le stesse domande, ma questa volta solo un po' diverse. Difatti se allora pensavo: ma là sotto cosa sta succedendo, ora invece mi veniva da chiedermi: ma là sotto, che cielo si sta riflettendo?

Certo, se andiamo a vedere il motivo di ogni riga, di ogni esse... ossia ciò che le causa, ci troveremo delle strade illuminate, delle case, ed altro ancora. Questo è risaputo, senza dubbio. Ma ciononostante là, là dall'alto, tutto ciò non erano solo delle strade, delle case, perché tutto ciò era divenuto anche un'immagine; e proprio come tutte le immagini, là, là dall'alto, le cose non erano solo ciò che sono, ma erano anche qualcosa d'altro di ciò che crediamo esse siano. Un qualcosa d'altro sta là sotto. Qualcosa che possiede un proprio significato, quello di un'immagine a sé, nuova, il cui significato non è quindi solo il frutto della somma degli elementi che la compongono.

Mi sembrava chiaro che in quell'immagine degli interrogativi erano ancora aperti. Interrogativi probabilmente molto cari anche allo stesso Josef. Se non altro almeno da quando aveva iniziato a prendersi cura del suo giardino, del suo Mondo. Perché di fatto il suo giardino non era solo un'immagine, nonostante fosse solo nel mostrarsi come tale che poteva avere un senso.

Gli interrogativi che mi si ponevano, guardando là sotto, non erano degli interrogativi, ma bensì dei veri e propri enigmi!

Ma nonostante ciò mi sembrava giusto continuare a guardare, continuare a rimanere appiccicato al vetro.

E fu proprio in quel modo, guardando fuori, che l'aereo toccò il suolo.

*

Ero di nuovo a casa.

– Ciao sono tornato, – feci al telefono alcune ore dopo.

– Ah sei già qui? – rispose Jean-Pierre, – non mi hai nemmeno lasciato il tempo di trovare qualcun altro che prendesse il tuo posto!

– Eh beh sai... tu lo sai bene quanto sia importante avere un lavoro!

– Ci vediamo domani?

– Ok, e poi aggiungo: sai per lo scritto di Joëlle ... sai, purtroppo non ho ancora fatto nulla.

– C'era da immaginarselo, – mi fece con disapprovazione.

– C'era da immaginarselo, – gli ripetei io canzonando, ma poi mi confessai: – il problema Jean-Pierre è che io non ho capito nulla di quello che dovrei presentare; non è per giustificarmi, ma allo stato dei fatti dovrei solo cercare di ripetere quello che lei mi ha detto, ma la cosa non è possibile, perché oltre a non ricordarmelo, non sono riuscito nemmeno ad osservare nulla dei suoi lavori. Sì, li ho visti, ma solo quello, e quello non basta! Credo di non avere comunque nemmeno un'idea   adeguata per interpretare i suoi lavori. L'idea che i suoi lavori possano ritenersi belli, quella non mi pare sufficiente...

– Ascolta, – m'interruppe, – le dico che vai a trovarla di nuovo, e di farti vedere ancora le sue cose, ma questa volta le dico di star zitta! va bene? – e poi con tono minaccioso: – ma guarda che questa è l'ultima volta che ci provo, altrimenti le scrivo io qualcosa!

Queste parole erano un chiaro avvertimento. Erano di certo, a suo modo di vedere, ciò che rischiavo: la giusta punizione che avrei meritato in caso...

A questo punto però certo era anche il fatto che, così dicendo, Jean-Pierre mi aveva mostrato quale fosse il grado di verità di quello che diceva, di quello che scriveva: le sue parole avrebbero potuto essere una punizione, produrre un male, ma perché? forse per non aver cercato di capirci qualcosa?

Questi quesiti distillarono in me la voglia d'impegnarmi in quella ricerca, e non tanto per le intimidazioni di Jean-Pierre, che senza dubbio avevano il loro peso, come nemmeno per far piacere a Joëlle, che tutto sommato non mi era nemmeno molto simpatica.

\*

Le porte aprono: salgo.

Eccomi qui di nuovo a confrontarmi con quel tutti i giorni di sempre! Com'era prevedibile qui sul metrò non è cambiato nulla, e poi: perché avrebbe dovuto cambiare qualcosa?

Le facce sono sempre lì a chiedermi qualcosa, qualcosa che non so; la gente è sempre tanta.

Sono stanco, non mi va di pormi questioni, vorrei solo viaggiare un po' nelle immagini che mi porto dentro, cercare di riassaporare un po' le dolcezze del Brasile.

Ma non ci riesco, no!

Non riesco a vedere altro: quei visi, visi seri, quasi tristi;

nient'altro riesco a vedere delle persone che mi circondano.

Tutti stanno pensando a qualcosa: è evidente; è la norma. Difatti quando si viaggia sempre si pensa a qualcosa, e quando si pensa a qualcosa, si sa, niente ti richiede di essere allegro, perciò... perché esserlo?

Ma quelle facce m'infastidiscono. Voglio fare qualche cosa.

Se inizio a sorridere, e non m'interessa se anche per un semplice condizionamento, magari forse qualche altra persona influenzata dal mio sorriso inizia anch'essa a sorridere; e poi magari ancora una e una ancora...

Sarebbe un miracolo, o anche solo un'idiozia collettiva... ma nonostante la sua ingenuità l'idea mi convince: ci provo!

Cerco di alzare l'estremità della bocca: ora le labbra sono su!

Solo che la pelle del volto mi tira troppo, non è naturale. Credo di avere un'espressione veramente da idiota. Allora demordo, lascio andare la bocca e prendo di nuovo l'espressione seria e quasi triste di tutti.

Ho fallito?

No! ci riprovo: su di nuovo la bocca!

Ma capisco subito che la questione non è solo nella bocca, è proprio tutto il viso che non è coinvolto nell'espressione. Allora mi sforzo di animarlo provando a pensare qualcosa di buffo.

Sì! così la faccia va meglio.

Qualcuno forse mi vede, ma è proprio uguale a come se nessuno mi vedesse. Pensano che stia ridendo per gli affari miei... ed hanno ragione!

Difatti mi è capitato ancora di vedere qualcuno che ride per gli affari suoi, e quando questo accade solitamente nessun altro si sente in dovere a sua volta di ridere. Si ritiene una cosa privata, sua di chi ride, di chi ride per proprio conto.

Mentre m'intrattengo a pensare queste cose noto che la pelle del mio viso tira di nuovo. La mia espressione è tornata ad essere semplicemente idiota.

Ci rinuncio!

La sera imbusto una nuova lettera per Dora: ora starà meglio.


## V<sup>a</sup> Lettera di Maria

*I miei pensieri migliori sono sempre per te. A volte cerco d'immaginare quello che fai... come vivi... e poi mi accorgo che quello che immagino è proprio quello che tu stai facendo, vivendo. Non so se questo è dovuto al fatto che nonostante il trascorrere degli anni la tua anima ha mantenuto la sua innocenza, quell'innocenza che mi ha voluto con sé, e che ancora oggi, come sempre, continua a volere il mio amore... oppure se tutto ciò sia solo il frutto della mia immaginazione... non credo comunque, non credo che sia solo questo.*

*Unita a questa lettera troverai anche una piccola busta, una busta che contiene della terra.*

*E' Terra Preta, è terra del Brasile! E' la terra della nostra gente, è terra d'Amazzonia, la nostra terra; è la terra che per secoli ha permesso la prosperità in luoghi che altrimenti sarebbero stati solo aridi e senza speranza. Mettila un po' attorno a quella piccola pianta che ultimamente ha preso dimora nel tuo giardino. Non potrà che farle bene! Non potrà che fare bene a tutto il tuo giardino. Ne sono certa: è la mia terra! è il meglio di ciò che posso offrirti!*

*Perché io, Josef, io in fondo credo di non essere molto diversa dalla mia Terra, che non è solo quella che dà frutti, bensì anche l'altra: quella arida del Sertaò, quella incoltivabile della foresta tropicale, ma anche quella fine e sabbiosa, dolce e seducente, quella delle spiagge di Bahia, di Copacabana...*

*Tutte queste terre sono il mio carattere, ma io non sono una terra, sono una persona. E ciò che mi fa essere una persona Josef, è il mio limite; un limite che mi è dato dall'avere un corpo, un corpo che è fatto di carne, un corpo che a volte uso, che a volte mi usa, con cui a volte vivo in pace, altre meno. E questo corpo a volte non ne vuole proprio sapere di se stesso. Allora scalcia, vuole uscire, si lascia sedurre da tutto ciò che vede, da tutto ciò che gli sta attorno. Il mio corpo Josef è quasi sempre innamorato, e non vuole nemmeno quasi mai stare nella sua pelle!*

*Certe volte mi è venuto il dubbio che questa cosa potesse essere paragonata ad una malattia, e se fosse stata allora mi sarebbe parso che la cura migliore avrebbe dovuto essere quella di dimenticarsi del proprio corpo. Ma poi ho pensato che se lo avessi dimenticato, avrei dimenticato anche l'amore che lo invade. E' stato allora che sono divenuta la mia Terra, perché volevo preservare tutto il mio amore, ma senza rimanere solo il mio corpo.*

*A te dunque ciò che ho di più fruttuoso, affinché dimorando nel tuo giardino, anch'io possa divenire un po' come lui.*

*Maria*


Era l'amore: era questo strano enigma che evocava Maria. E lo aveva fatto con amore, cosa che io di rado riuscivo a fare. Ma forse ero sulla strada giusta.

*

– E così devo stare zitta – mi dice Joëlle nell'aprirmi la porta.

– No, puoi anche parlare poco, – ribatto con indulgenza.

– Ho preparato altre cose da farti vedere, – continua lei – sono dei collages che l'altra volta non ti avevo mostrato; credo che però diano bene l'idea del mio lavoro.

Me li porta, alcuni li appoggia al muro altri alla tavola, alle sedie, alcuni me li dà in mano e poi mi dice:

– Le altre cose sai dove sono… comunque se ti sembra gira pure come ti pare per la casa… vedi un po' tu, io esco e torno fra un paio d'ore se t'interessa, altrimenti ti basta accostare la porta nell'uscire, si chiude da sola, io poi ho le chiavi…

Si vede che le ispiro fiducia.

– Ok, va bene.

Da subito però mi viene spontaneo lasciare i collages lì dove sono; preferisco guardarmi attorno. Ci sono molte strane e bizzarre cose per la casa. E' difficile identificare uno stile, qualcosa che mi permetterebbe di parlare… una volta per tutte!

Troppo facile, troppo facile: se così fosse anche quelli come Jean-Pierre riuscirebbero a dire qualcosa di vero… forse. Sorrido tra me e me, senza negarmi un pizzico d'orgoglio.

Vedo però sin dal primo momento, e dimenticandomi del mio astio nei confronti di Jean-Pierre, che non mi sto interessando molto ai quadri. Anzi, sono più interessato a cosa c'è negli armadi, nei cassetti, e persino nel frigorifero. Non mi sento tanto apposto, questo devo ammetterlo, so benissimo che è qualche cosa che non si dovrebbe fare, chi non lo sa? Ma in fondo con il suo atteggiamento è stata lei stessa ad invitarmi a farlo, come se mi avesse detto: "la verità è qui dentro: cercatela!"

Ed io è quello che sto facendo!

Ma quale verità?

Sapere come Joëlle taglia le cipolle, quello che ha nel congelatore, se tiene cibi scaduti, vedere i colori delle sciarpe nell'armadio, come dispone i mobili... insomma, sapere come Joëlle fa le cose, sapere se le fa bene o male: questa di verità?

E' questa la verità di un artista mi domando, è fare bene le cose, è farle a regola d'arte?

No! non credo... forse un tempo! Sì, forse un tempo ciò poteva bastare! poteva bastare per definire l'arte, per capire quanto una cosa fosse fatta bene, poteva bastare per poter dire quanto bella fosse, quanto valesse.

Certo, mi rendo conto che il mio compito nello scrivere qualcosa è proprio questo: dire quanto valga il suo lavoro!

Ma valga per che cosa? torno a pensare.

Se la questione fosse solo: quanto bella è la sua arte, si tratterebbe solo di fare una stima: tanta bellezza, che appunto elargisce tanto bene, corrisponde a tanto valore. In altri termini quel bene sarebbe anche il suo valore, valore che in altri termini, in termini di valore di scambio, avrebbe anche un costo.

Per semplificare basterebbe quindi anche solo dire quanto costi, quanto valga in denaro quello che Joëlle fa per sapere anche quanto valga effettivamente.

No! mi rendo conto che la questione non è questa, l'arte di Joëlle, almeno, non mi sembra sollevi solo questa questione, che tutto sommato nemmeno m'interessa molto.

Quello che m'interessa invece è qualche cosa che si avvicini al *Giardino di Josef,* a quel tipo di *Mondo.* Vorrei piuttosto cercare di capire quale tipo di visione del mondo Joëlle offra con i suoi lavori, ma anche, quale mondo proponga.

Ciò perché se il mondo in cui viviamo è per lo più opera specificatamente umana, l'opera d'arte invece, piuttosto che realizzare cose funzionali alla vita, realizza semplici visioni.

Attraverso l'inutilità delle sue realizzazioni – proprio perché un quadro non è un apriscatole – l'arte oggi è più un modo di riflettere che di realizzare... credo. Riflettere, ma attenzione, non astrattamente! Riflettere concretamente, con delle opere appunto. Riflettere sul modo in cui l'uomo realizza il mondo, il proprio mondo.

Divenire coscienti di ciò non mi pare secondario. Che l'arte sia inutile questo non toglie che serva a qualcosa; qualcosa anche di piuttosto importante a mio avviso. Sapere cosa l'uomo stia facendo lo è, importante; proprio perché è solo attraverso questa comprensione che egli può anche cercare d'immaginare dove andare, dove valga la pena andare.

Sì, è questa la verità che voglio cercare nei suoi lavori, questo il tipo di valore.

Joëlle rientra in anticipo nel medesimo istante in cui sto sorseggiando una birra:

– Mi sono servito le faccio.

– Ah sei ancora qui?

– No! sei tu che sei tornata in anticipo.

– Sì è vero, ma non ho trovato niente d'interessante da fare

– continua lei.

– Beh, Joëlle, dato che ci sei volevo chiederti alcune cose... anzi, forse solo una.

– Vada per l'una allora, ma anche per le alcune se proprio ti sembra...

– Grazie, – le sorrido, si siede e io la seguo.

Ho l'impressione che tra noi due ci sia una certa intesa, una certa intesa istintiva, ma che poi per tutto il resto si fatichi un po'. In fondo so di non essermi comportato al meglio con lei, come darle torto..! Allora per cercare di farle capire che questa volta si può fidare di me, e che non le farò perdere altro tempo, le racconto di ciò che mi era venuto in mente, in pratica di considerare i suoi lavori come dicevo.

E' d'accordo, anzi, mi offre un'altra birra!

Le cose iniziano a prendere una buona piega.

– Joëlle, la domanda che volevo farti te la puoi quindi già immaginare, comunque per facilitarti le cose è questa: che idea di mondo vuoi mostrare con il tuo lavoro?

– Beh, come se fosse facile dirlo! – è la sua prima reazione; poi dopo una breve titubanza, che non dura però a lungo, continua: – Proverò col raccontarti una cosa. Tempo fa sono stata ad Auvers sur l'Oise: è un bel posto, vacci se non ci sei ancora stato! ecco, ebbene, quello è il paese ove Van Gogh ha vissuto l'ultimo periodo della sua vita. Lì su consiglio del suo amico il dottor Gachet che gli aveva 'prescritto' come rimedio alle sue ricorrenti crisi l'attività di "pitturare pitturare!" Van Gogh produsse circa una tela al giorno! Questo luogo è molto affascinante, soprattutto per chi è interessato alla sua pittura, proprio perché lì si possono osservare concretamente anche molti dei soggetti dei suoi quadri. Per cercare di non annoiarti l'amministrazione comunale ha disseminato il paese di cartelli che riproducono i quadri che Van Gogh dipinse in quei luoghi, e li ha installati proprio dove lui pose, con molta probabilità, il cavalletto. Quello che più mi ha colpito è stato il pannello presso la chiesa del paese; sai... quel quadro famoso in cui questa chiesa gotica appare da dietro, dall'abside... hai presente?

– Credo di sì. Sì sì mi risulta qualcosa... sì, ma scusa... stavi dicendo?

Non sono proprio certo di ricordarmi qualcosa di quel quadro, però se va avanti chissà che non mi arrivino delle reminescenze di una qualche immagine vista su un manuale del liceo, o su un catalogo sfogliato distrattamente... bah! sì qualche catalogo di Van Gogh l'ho visto, questo sì, ne sono sicuro.

– Ma non solo il quadro in sé mi ha colpito, – continua Joëlle, – non tanto la magia di quei colori, di quelle pennellate vibranti d'emozione che del resto già conoscevo, non tanto quel Van Gogh che noi tutti oggi ammiriamo, e che io non lo nascondo amo; bensì piuttosto quello che là mi ha colpito è stato un semplice particolare, una banalità, ossia come egli aveva restituito nel quadro il motivo del cornicione di quella chiesa. Ebbene, devo dirti che nella chiesa questo è tipicamente gotico, è a forma ogivale, mentre sulla tela invece, lì invece ha preso un'altra forma... è diventato rettangolare! Non ti sembra strano?

– Sì è vero! – rispondo, in effetti è una cosa un po' bizzarra.

– Sì, anch'io non mi spiegavo il perché, del resto non era nemmeno una questione di semplificazione, dato che per rappresentare un'ogiva due pennellate molto prossime tra di loro erano sufficienti, mentre nel quadro invece, ne aveva dovuto impiegare tre: tre ogni volta, e perpendicolari tra di loro.

Tu ti chiederai cosa c'entri tutto questo con il mio lavoro: abbi pazienza, ci arrivo!

Sì perché ora quello è un particolare, un'inezia, questo è chiaro; non c'è nulla di sublime in ciò, non è di sicuro questo che ha fatto la grandezza di Van Gogh... anche se io, su quest'ultima cosa, mi mantengo perplessa.

Dubbi a parte la questione io la vedo così: Van Gogh con quella scelta ci mostra chiaramente che quella chiesa non è il suo quadro. Stabilisce che tra la realtà e la visione vi è una differenza sostanziale. Non vuol dare l'illusione che siano la medesima cosa, pertanto sceglie di stravolgere liberamente ciò che vede. E' praticamente in questo modo che stabilisce la sua indipendenza, la sua libertà di vedere e d'immaginare un mondo, un mondo che si relaziona, ben chiaro, che si relaziona con il mondo che egli vede, ma che non è appunto, come dicevo, la stessa cosa. La chiesa che lui osserva non gli appartiene, è tutt'altro da sé, e lui lo sa bene. Ed è anche in questo modo che quella chiesa può mantenere la sua indipendenza, rimanere se stessa. Egli non la vuol far diventare qualcosa di suo, qualcosa che può entrare benissimo nel suo quadro. Ciò sarebbe accaduto se lui l'avesse ritratta semplicemente come la vedeva. E' per questo che piuttosto che fare un cornicione ogivale, certamente anche più consono alla tipica sinuosità della sua pennellata, così come però anche con questa più confondibile, egli opta piuttosto per l'elaborazione di una forma quadrata; forma che non appartiene affatto a quella chiesa!

Quello che credo è che Van Gogh con quella distorsione della realtà abbia all'opposto ottenuto di     mostrarla come effettivamente era. Come era là, là oltre i suoi occhi. Quella era la realtà, e nient'altro. Là, assieme ad un cornicione ogivale, come io ho visto e come chiunque potrebbe vedere. Una realtà che si oppone in tutto, che è tutt'altro dall'immagine; ossia dal suo essere vista, dal suo essere appunto immaginata. Immaginata come invece Van Gogh ha fatto, tramite la magia dei suoi colori, il vibrare delle sue pennellate...

Con il suo 'stravolgere' credo che lui abbia offerto, sia alla realtà del vedere come alla realtà di ciò che è visto, ugual dignità! Non ti sembra grandioso? Ecco: questo credo!

E queste sono anche le cose che mi affascinano: le cose che sfuggono, che non appaiono... le cose nascoste.

– Certo è vero, le cose non apparenti... – faccio eco, – solo che queste cose non apparenti cosa c'entrano con l'idea di mondo?

– C'entrano perché sono l'aspetto silenzioso della creazione, se vogliamo il suo aspetto invisibile. Solo che, seppur dal suo nulla, è questo invisibile che in pratica determina l'atto creativo, che determina il modo in cui si realizza il mondo.

Un artista non è un ingegnere o un architetto che progetta e realizza delle cose, ma bensì uno che 'costruisce' delle immagini, che 'costruisce' delle visioni delle cose, delle visioni del mondo. In sostanza è qualcuno che cerca di produrre delle consapevolezze, consapevolezza di dove si vive... di dove si muore... E' per questo motivo che io nel mio lavoro cerco di operare come un'investigatrice che indaga il modo in cui le cose ci si offrono, ma non tanto nella loro semplice evidenza sensibile, bensì nei legami che questa sensibilità ha con noi. E lo faccio perché sono interessata a comprendere quella relazione, perché so che è in essa che c'è la nostra vita, il nostro senso...

Vedi quel quadro là ad esempio, – mi fa indicando uno dei collage che mi aveva mostrato, – lì ho cercato di evidenziare quali erano le linee che governavano quello spazio. Come vedi l'angolo a 90° ricorre quasi in tutto l'ambiente, – mi dice mostrandomi il collage al cui centro capeggia la sagoma di un uomo, – e allora mi sai dire che armonia c'è fra tutti quegli angoli e i contorni di quel corpo? – mi fa.

– Non parlerei d'armonia, – le dico, – e come si potrebbe con tutti quegli spigoli?

– In realtà neppure io, ed è anche per quello che ho fatto quel collage... In quell'altro invece ho evidenziato la simbologia che regola quell'immagine. Guarda quella scrivania, non ti sembra una specie d'altare? Il computer è di certo un tabernacolo. Il telefono invece, forse un calice da sollevare al momento opportuno, e poi i fogli di carta, ostie consacrate, e le stilografiche ancora, nel loro bell'ostensorio, ben pronte ad essere impalmate per offrire la magia di una firma... di una benedizione! Non ti pare?

Ma non ho tempo nemmeno d'annuire che prosegue:

– La burocrazia è certamente un potere, e proprio come tutti i poteri ha i suoi feticci, solo che in questo caso sono ben dissimulati. Dissimulati in cose ed oggetti che hanno tutte certamente una loro funzione, questo è certo, solo che funzione pratica e funzione rappresentativa, anche se coesistono, sono funzioni diverse. Così come i loro effetti; gli effetti che queste cose hanno su di noi sono diversi, e come tali credo vadano considerati...

L'ascoltai ancora un po', e poi ad un certo punto in modo fermo e deciso, che sorprese anche me, le dissi:

– Ok ho capito!

Al ché mi fissò ancora per un istante, corrugata, probabilmente con l'intento di stabilire la sanzione che mi ero meritato con quella brusca intrusione, ma poi sorrise e mi disse:

– Va bene… hai capito!

Questa volta avevo capito davvero, anzi, avevo anche davvero già delle cose in mente da scrivere.

Ci salutammo.


Sì, ci eravamo conosciuti. Più di prima almeno, meglio di prima!


Oggi è Sabato.

La gente è meno triste del solito sul metrò.

Qui davanti due donne parlano tra di loro, dall'altro lato invece sono un ragazzo ed una ragazza a farlo. Anche una donna alla mia sinistra inizia a parlare in una lingua a me incomprensibile, forse di qualche etnia africana, con un'altra donna qui in piedi sulla mia destra.

Io fingo di non esserci, ma non solo: per loro è proprio come se non ci sia, dato che continuano a parlare imperterrite senza sosta, proprio come se io non fossi lì, lì in mezzo a loro.

Ora che però faccio attenzione: ma è tutta la carrozza che sta parlando!

Sì, in effetti un enorme brusio l'investe; quasi non si sentono più nemmeno i soliti rumori striduli delle ruote che frizionano sui binari, quelli dei ferodi che spingono sui blocchi e tutti gli altri generalmente meccanici che si sentono abitualmente.

Quel brusio di voci sovrasta tutto!

Mi accorgo poi di essere l'unico a non parlare, forse assieme a pochi altri ancora. Tutti gli altri lo fanno: in due, in tre... là in fondo se non sbaglio sono persino in quattro.

E' sorprendente come certe cose si sviluppino e come divengano la regola di un determinato momento, di un determinato e particolare istante. Probabilmente se salivo su un'altra carrozza sarebbe stato diverso; come quella volta che mi trovai davanti un ragazzo ed una ragazza che si baciavano, poi più in là ancora un'altra coppia che anch'essa si scambiava effusioni, e una terza ancora, che però solo giocava all'urtarsi, ma sappiamo bene cosa voglia dire questo.

E' sorprendente poi come tutte queste cose succedano proprio anche una sola e semplice volta, e che nonostante tra i vari avvenimenti ci siano delle costanti, perché qualcosa di simile tra tutte quelle 'una sola volta' ci sarà di certo, rimane il fatto che è solo per quella volta, e per nessun'altra, che quel qualcosa può essere vissuto.

In fondo quello che si vive, paradossalmente, lo si vive sempre tutte le volte una sola volta, solo che questa 'sola volta' accade per lo più quasi sempre!

E' proprio strano.

## VI<sup>a</sup> Lettera di Josef

*Cara Maria*

*ricevo sempre con immensa gioia le tue parole, ti sono grato di averti vicino, seppur al di là dell'oceano.*

*In questa lettera vorrei aprirti il mio cuore per poterti parlare di alcune cose a cui tengo particolarmente.*

*In tutti questi anni le letture dei libri sacri mi hanno portato ad avere una visione che a volte si scosta da quella della chiesa ufficiale e dai suoi precetti. Io credo che la chiesa, perché possa continuare ad essere se stessa, debba mantenere il suo carattere tradizionale, ma ciò non toglie che ogni uomo, persino un uomo di chiesa, rimanga sempre un peccatore. Ogni uomo rimane sempre un peccatore proprio perché rimane sempre anche una persona, una persona che può scegliere. Ed è proprio perché è sempre una persona che può scegliere che rimane anche sempre un uomo che pensa.*

*Il pensiero è all'origine del peccato, ed ogni uomo, proprio perché come uomo pensa, non può che rimanere sempre anche un peccatore. Io non mi distolgo da ciò e rimango sempre, prima di essere un monaco, un uomo, ossia prima di essere qualcuno che cerca la redenzione rimango comunque anche qualcuno che pensa, e che perciò pecca.*

*Con ciò non voglio giustificare il mio essere un peccatore, non mi vanto di esserlo, così come non voglio attribuire al pensiero un valore superiore alla fede, solo che il mio desiderio di redenzione fa sì che mi debba porre delle domande sul come possa veramente redimermi; redimermi da quel peccato che è il pensare, che è il dubitare, per potermi avvicinare maggiormente alla sapienza universale e onnipotente di Dio.*

*Perché io non chiedo di arrivarci, non ho questa presunzione: mi basta essere solo sulla strada. Ed è su questa strada che credo ci siano anche le nostre lettere, che ci sia anche il nostro amore. E tutto ciò non riesco a viverlo come una colpa, come forse dovrei. In ciò c'è la mancanza della mia perfezione come monaco, in ciò il mio continuo rimanere uomo, rimanere peccatore, ma come ti dicevo, non riesco a sentirlo come una colpa.*

*Quando settimanalmente partecipo allo spaziamento, una passeggiata che in piccoli gruppi facciamo all'esterno del monastero, tutto ciò che vedo, tutta la natura che mi circonda, mi parla di Dio, mi parla di quell'amore in cui Egli ha intriso ogni cosa.*

*L'amore insito nella natura permette la proliferazione delle piante, degli animali, degli insetti... Un amore che si mostra con colori seducenti, quello dei fiori, con un piumaggio variopinto, quello degli uccelli e del loro canto. Tutto ciò è la bellezza. Tutto ciò è il meglio che la natura sappia offrire. Ma l'amore, come pure tu dicevi, ha anche qualcos'altro, ha anche una faccia oscura. Nella natura questa faccia si mostra nei fiori che appassiscono, nei semi che vengono divorati dagli insetti, nei conflitti per la riproduzione degli animali… Ma ciò nonostante, nonostante questo carattere infausto, è però sempre l'amore che rimane al centro della natura, proprio perché esso è al centro di tutto il creato.*

*Pertanto quella logica d'amore che investe ogni cosa, anche la più piccola, non poteva certo mancare al messaggio di quel figlio, figlio di quel Padre, al messaggio di Cristo.*

*Questo messaggio è per noi i Vangeli; qui l'amore non solo non manca, qui l'amore per il prossimo è proprio al centro di tutti i libri, di tutti i Vangeli.*

*Gesù, uomo tra gli uomini, prima di ogni altra cosa, ha voluto trasmetterci tramite la testimonianza della sua vita l'importanza che l'amore ha per la vita di ogni uomo. Ha voluto farci comprendere il grande potenziale che l'amore ha per la nostra vita, sia di distruzione, come di creazione. Gesù ci dice che quell'amore che Dio Padre ha messo in ogni cosa può divenire tramite l'uomo qualche cosa di più di ciò che esso è nella semplice natura. Egli è come se ci dicesse: guardate all'amore, alla sua bellezza, alla sua capacità di realizzare cose nuove, ma anche, dimenticate l'odio e la distruzione, in modo tale che allora sarete in grado di vivere nel bene, di vivere in pace. Questa è l'essenza del messaggio di quell'uomo che è il Cristo, figlio di Dio padre. Ebbene, questi è anche lo stesso Cristo che ha per noi uomini, suoi fratelli, un messaggio, un compito da conferirci. Un compito per noi uomini, esclusivamente, non per tutto il creato, perché per il creato ciò che aveva compiuto il padre poteva bastare. A noi Cristo ha conferito il compito di amarci.*

*Sai Maria, io ho capito l'importanza di questo massaggio proprio durante la guerra. In quei tempi in cui la disperazione lambiva ogni aspetto della vita degli uomini, e che anche tu hai ben conosciuto, lì il messaggio dei Vangeli mi è sembrata l'unica cosa in grado di cambiare il mondo. Di poterlo cambiare facendolo risalire da quell'odio totale in cui era sprofondato. Consacrandomi a Dio, consacrandomi a Cristo, io mi sono consacrato a quell'ideale. Ed è anche proprio grazie a questa consacrazione d'amore per gli uomini, consacrazione che continua a vivere in me costantemente, che io pure tutt'oggi non riesco a sentirmi in colpa quando effettivamente mi accorgo di continuare ad amarti.*

*Consacrandomi a Cristo io ho voluto consacrarmi alla parte migliore dell'amore degli uomini. Con questa consacrazione ho scelto quella parte in cui posso vedere solo la pace e la bellezza, quindi non devo meravigliarmi quando appunto di te vedo solo quello; quando vedo solo la tua bellezza e mi trovo in grado di generare con te solo le cose migliori.*

*E' per questo Maria che non mi vergogno quando dico di amarti. Non mi vergogno perché rinunciando ad averti so di essere veramente con te. Proprio perché il nostro amore non è al di fuori del messaggio di Cristo, e proprio perché esso continua ad essere amore.*

*Maria, le nostre lettere ci permettono di continuare ad amarci; esse sono l'atto del nostro amore, sono il meglio del nostro amore, sono il meglio dell'amore, io non ho dubbi!*

*Senza vergogna*

*con affetto*

*Josef*


Assieme a questa lettera c'era anche un foglio di Dora:

"Ora sto meglio" esordiva.

Inoltre mi ringraziava aggiungendo:

"Non avrei mai pensato che tu potessi venire fin qui, e per me."

Di seguito m'invitava ad andare nuovamente a trovarla, quando potessi, anche per permetterle di sdebitarsi. E infine si dispiaceva di non essere riuscita a conoscermi di persona, ma quando aveva sentito da sua figlia il motivo della mia repentina partenza (la storia del gatto), aveva compreso, e non se ne rammaricava.

Qui di certo mi prendeva in giro.

La lettera finiva poi in un modo che mi raggelò: " … e grazie del tuo amore, Dora."

Fu una vera doccia fredda: come grazie del tuo amore? pensai, che cosa voleva dire con quel "grazie del tuo amore." Era qualche cosa tipo "grazie per il tuo interessamento", oppure qualche cosa come: "ho capito che tu mi ami, e per questo ti ringrazio!"

Di certo però tutte le mie riformulazioni non modificavano per niente il fatto che lì su quel foglio continuava a rimanere:

"Grazie per il tuo amore."

Forse era quello che dovevo cercare di capire; più che fermarmi alle parole avrei dovuto capire quello che poteva essere veramente per me quel ringraziamento, ossia capire il sentimento che mi provocava.


Era poi anche qualche giorno che le persone sul metrò non riuscivano a richiamare la mia attenzione. Non riuscivo a vedere nulla di diverso che una massa di gente, ossia ombre cupe e tutt'al più grumi di materia variegata, nient'altro! Ero persino arrivato a pensare che forse era venuto il momento di acquistarmi un *baladeur*, per ascoltare della musica, e magari anche, assieme, acquistarmi pure un buon libro. Così attrezzato, con gli auricolari alle orecchie e un *bouquin* di fronte avrei viaggiato di certo senza nemmeno accorgermene! Tutt'al più il problema sarebbe stato solo quello di fare attenzione alle fermate per poter scendere alla stazione giusta.

Ma senza *baladeur* e senza *bouquin* quel giorno mi accontentai di guardare attentamente i tabelloni pubblicitari, quelli che tappezzano con la loro grandiosa imponenza l'interno di tutte le stazioni del metrò.

Donne fantastiche, quasi sempre poco vestite, sguardi attraenti, sorridenti, oggetti magnifici, persino una bottiglietta di plastica può assumere l'aura di un oggetto stupendo e misterioso, e poi i colori, tanti colori, per tutti i gusti, per tutti gli occhi.

E' veramente incredibile tutto ciò.

In ogni stazione, quando ci si arriva, sembra proprio come quando si entra in una galleria d'arte. Lì poi i manifesti (si fa per dire perché in effetti sono delle vere e proprie opere d'arte) cambiano frequentemente: i ritmi incalzano!

Neanche il miglior gallerista sarebbe in grado di 'far meglio', mi convinco.

Tuttavia tutto ciò mostra anche un impressionante paradosso nei confronti di quanto il metrò è nel suo dato di fatto.

E' evidente: tutto ciò stride!

Sì, proprio come i sibili lancinanti emessi dalle ruote ferrose dei treni, quando nelle curve più strette non riescono a liberarsi dalla guida forzata dei binari.

Quella bellezza così convincente, quei manifesti così colmi di gioia, quella vita così eccezionale e certamente felice che lì viene mostrata, non ha proprio nulla a che fare con la realtà ordinaria e, senza troppo timore di sbagliarmi aggiungerei anche: 'grigia', di ogni giorno.

Perciò mi venne da pensare: ma che arte è quella? ma anche: e sarà poi arte?

Perché anche su quei manifesti in fondo c'è il meglio: i colori vellutati, le forme armoniose, tutte le seduzioni di Eros sono lì affisse. Ma volevo però capire: che differenza c'era tra l'Eros di Josef, il tipo di amore che sosteneva nella sua lettera, e quel tipo lì, che avevo sotto gli occhi? In fondo anche in quei manifesti c'era la proposta di una vita migliore, fatta di cose belle, gente soddisfatta, e quant'altro... anche quello era un messaggio di bene!

Avevo però l'impressione di qualche cosa di fittizio. L'impressione di qualche cosa che in fondo ricopriva solo la superficie delle gallerie dei metrò. L'impressione che lì erano rimasti solo i colori, i sorrisi, le seduzioni dell'amore, come dire: la sottile crosta esteriore del bene. Del resto quella non mi sembrava nemmeno arte. Se confrontato a ciò che faceva Joëlle, lì non si offriva nessuna nuova visione del mondo. Le cose erano lì semplicemente nella loro limpida purezza, per essere contemplate, ammirate, idolatrate, e nient'altro. Erano lì solo come un sogno impossibile: un trucco, un'illusione! Non avevano un valore per la comprensione del mondo, di conseguenza non offrivano nemmeno una nuova visione, un nuovo modo di agire in esso. Quelle immagini erano invece lì solo per essere viste, solo per essere lì, nient'altro. Anzi, in quello stato avrebbero anche potuto essere facilmente fraintese: c'era il rischio del Vitello d'oro: il rischio dell'idolatria! Il rischio che gli uomini rapiti dal bello in sé, dimentichino di amarsi. Rapiti dal piacere degli occhi, dimentichino di guardarsi.

Quando scesi dal metrò pensai che per il momento mi sarebbe bastato acquistare solo il baladeur, o chissà… forse non era giunta nemmeno l'ora per quello.

Ma il vuoto continuava ad affliggermi.

## VIª Lettera di Maria

*Caro Josef*

*Tu mi parli d'amore, di un amore che vive nello spirito…*

*Le tue parole: il mio conforto!*

*So che l'amore è qualche cosa che appartiene alla vita e tu, dicendo d'amarmi, l'hai gridato più forte.*

*Ma il destino del nostro amore è un destino di sacrificio, di rinuncia.*

*Tante volte ho cercato d'immaginare come avrebbe potuto essere la nostra vita se avessimo vissuto assieme, sposandoci ed avendo dei figli, forse anche. E pensando a queste cose, ti devo confessare, non riesco a concepire nient'altro che tanta felicità. E allora mi chiedo:*

*perché non l'abbiamo fatto? perché non abbiamo deciso di vivere assieme?*

*Ho ancora tra le mani quel biglietto trovato quel giorno. Ti ricordi come iniziava? proprio così: "Scappo, Scappo finalmente: vado via!" Ed assieme a te sono scappata anch'io...!*

*Perché?*

*Perché la mia vita è stata una continua fuga, nonostante sia sempre rimasta qui, nel mio paese.*

*Ma... fuga da cosa, mi sono anche sempre chiesta. Proprio perché il mio fuggire è sempre anche stato qualcosa che andava indietro, un ritorno, piuttosto che un andare oltre.*

*Sì, io ho sempre cercato di scappare dentro ciò che fuggivo; e mai lasciando veramente nulla.*

*Quando tu mi parli dell'amore che vedi nella natura... certo, anch'io le ho trovate quelle tracce, ma dentro di me! nell'intonazione della mia voce, quando parlo, canto; nei miei gesti nelle mie posture, quando mi muovo, ballo. Sento che tutto ciò, quando lo faccio, mi chiede amore. Una nota chiede subito il calore di un'altra con cui stare bene assieme; così una parola o un gesto o un passo di danza... L'amore è la regola che costituisce il modo di stare assieme di tutto ciò che si vive, si fa. Il mio corpo ha bisogno della sua anima e questa dà il meglio di sé solo quando è nell'amore, quando perdura nella passione. Questa fuga al di dentro è stata una corsa nella profondità di quell'amore che avevo vissuto... che avevo vissuto con te.*

*Sarà anche, mi chiedo, l'unico modo per continuare a viverlo?*

*E' da lì però che ho iniziato a fare l'esperienza, e poi probabilmente anche a capire, che quella sofferenza, la sofferenza del tuo abbandono, aveva un senso. E l'ho capito sai quando...? quando ho iniziato a sentire che il mio amore per te avrebbe potuto continuare a vivere anche senza averti accanto.*

*Sì! che quell'amore non ti era appiccicato addosso, ma piuttosto… era dentro di me!*

*Ed è qui che è iniziata la mia fuga e che ho iniziato a non cercare più l'amore degli altri, ma bensì quello che io avevo da offrire…*

*Questa è stata la mia consacrazione Josef.*

*Noi siamo fuggiti entrambi: dovevamo offrirci al nostro amore, ognuno al suo, per poterci veramente amare.*

*E se è così, e io lo credo proprio, allora possiamo essere anche certi che il nostro rapporto non poteva proprio essere nient'altro che quello che è.*

*Oggi quando penso a quella felicità, quella che avremmo potuto sperare di avere vivendo assieme, penso però anche a quanto il nostro amore avrebbe potuto rischiare di svanire nel nulla, e allora mi dico: forse quella felicità non è tutto, forse quella felicità non è tutto ciò che si deve sperare per la propria vita.*

*Io credo  così.*

*Continuando ad amarti…*

*Maria, sempre*


\*


*Riquet*: le porte aprono.

Un uomo e due donne, forse tutti cinesi, entrano.

L'uomo spinge un passeggino, all'interno suo figlio di un anno o due. L'uomo spinge il passeggino al mio lato. Io sono in piedi.

Tra due fermate scendo.

Il bambino si trova dall'altro lato della porta, l'altro da dov'era salito. Alla sua destra c'è una persona, alla sua sinistra la mia gamba. E' a portata della sua mano.

Inizia a strattonarmi i pantaloni.

I suoi sono affaccendati a parlare tra di loro e non se ne occupano, o comunque non ci trovano niente di male. Nemmeno io del resto.

Lo guardo, lui mi guarda. Da lì sotto probabilmente gli sembrerò come un edificio, come una casa, o magari solo come una colonna che si staglia con il suo capitello, la mia testa, nel cielo relativo di quel soffitto.

E' un bel bambino con una faccetta rotonda. Ha anche due occhietti che sembrano emergere semplicemente da due piccoli tagli obliqui della pelle, come se non ci fossero né concavità né palpebre.

Continua a guardarmi, con l'innocenza dei bambini.

Io mi permetto di corrispondere al suo sguardo. In fondo è solo un bambino.

Dapprima sospetta, ma poi capisce che non ha nulla da temere. L'ha capito perché ho fatto qualche cosa d'insolito, qualcosa per lui. Ho sbattuto alcune volte e in fretta le palpebre, sbattute tra di loro, come non si fa.

Accenna un sorriso.

Ricambio, poi guardo altrove.

Allora mi tira ancora un po' i calzoni, e io lo riguardo. E' contento di aver recuperato la mia attenzione. A quel punto mi viene spontaneo sbarrare un po' gli occhi e muovere leggermente la testa da un lato all'altro come per indicare: "no-no no-no così non si faaa." Lui ripete quell'ondeggiare sorridendo.

Le porte aprono, il passeggino si muove. Scendono.

E' strano come basti proprio poco per creare un rapporto. Solo ripetendo un gesto quel bambino è riuscito a riconoscere il senso di ciò che avevo fatto. In un certo senso è riuscito a riconoscere chi ero.

Mi chiedo sovente cosa poi abbia il metrò a diversità di altri mezzi, altri luoghi d'incontro, e perché proprio questo cattura così la mia attenzione.

Il metrò ci obbliga a guardarci; quindi a guardare gli altri certo, ma anche a guardarsi dagli altri.

Con il suo buio fuori, i suoi sedili uno di fronte all'altro, con la sua assenza di limite, limite legale delle persone che ci possono salire, con la sua promiscuità forzata quindi, con tutto ciò appunto, il metrò spinge a fare qualche cosa che sensatamente non si farebbe, e proprio in quell'istante, quell'istante in cui il metrò pone in atto questa coercizione, è come se il metrò mostrasse ai suoi passeggeri una misura: la grandezza dell'incomunicabilità che regna tra di loro!

E questa evidenza, questa incomunicabilità che il metrò rende evidente, è proprio ciò che mi affascina.

Ma un'incomunicabilità disperata è anche un grido disperato, una richiesta disperata che urla: "io sono qua!"

La paura nei confronti di ciò che non si conosce, motiva la diffidenza. Questa prende forma in una maschera: l'indifferenza.

Quando sul metrò ci si scruta, è proprio quella che ci si vede sul volto. Ma per fortuna ogni tanto questa maschera scivola un po' giù, ed è lì che si può vedere qualche cosa: qualche scintillio degli occhi, qualche campione di pelle: il bisogno incombente di voler comunicare, riconoscersi, amare.

Ed è proprio questo ciò che più mi piace del metrò.

*

E' la prima volta che vedo Jean-Pierre dal mio ritorno; ma appena lo vedo per far sì che non mi chieda del mio viaggio gli dico subito:

– E come sta tua moglie?

Ma lui:

– Bene bene. – senza aggiunge nulla.

Quel "bene bene" non mi fa presagire nulla di buono. E poi incalza:

– E allora in Brasile come è andata?

– Il Brasile? – faccio io, – chi l'ha visto il Brasile! Vederlo dall'alto non era male, difatti è stato più il tempo che sono stato in volo che tutto il resto.

– Sì in effetti non sei stato via molto – mi concede, poi tenta di riprendere la conversazione ma tutto ad un tratto una telefonata lo interrompe.

– Il ministero della finanza ha indetto una conferenza stampa, ci devo andare per forza mi fa, vuoi venire con me?

Al primo istante non so cosa rispondergli:

– Sì va bene! – poi però per fortuna mi viene in mente una scusa: ah no...! che sbadato: non posso! devo passare a riprendere il gatto dal veterinario...

– Non sapevo avessi un gatto, – mi fa aggrottando le ciglia perplesso e un po' schifato, so che considera gli animali puzza e peli sul tappeto.

– Sì è una gattina nera – gli replico convinto.

– Ah beh se è così allora... pazienza, – ha l'aria di chi sta pensando a tutt'altro, chissà poi cosa gli sarà venuto in mente sapendo che era una gattina nera?

Ma subito si ricorda della sua consueta risolutezza e mi fa:

– Beh, ci vediamo domani allora,– e in un attimo sparisce.

Scendo le prime scale, poi le seconde, convalido il biglietto, solo che l'impianto d'accesso non si apre; ci riprovo, niente ancora, allora prendo un'altra entrata, nemmeno quella si apre.

Cosa fare: salto le sbarre?

Sì ho deciso, ci provo! In fondo tanta gente lo fa qui a Parigi.

Ok ce l'ho fatta.

No cavoli! Noo! Non avevo calcolato che dopo c'era anche il cancelletto che non si apre. Quello poi è anche più alto!

Sono lì incastrato tra le due porte, si fa per dire, in effetti sono strani aggeggi: mi dibatto!

Che idiota che sono: devo tornare indietro! ma una gamba non mi vuole seguire, la prendo la strattono la sollevo di forza. E' incastrata tra la mia borsa, un tubo delle sbarre e la parete. Strattono tutto con la rabbia di un pesce bloccato nella rete. La scarpa si sfila, cade, ma la gamba è venuta, anche la borsa. Mi abbasso confuso, cerco di recuperare a fatica la scarpa.

Mi vergogno.

La robusta signora che dà i biglietti da dietro il vetro m'ha guardato per tutto il tempo. Ha un'espressione suddivisa tra la pietà e il divertimento. Le faccio segno che il biglietto non funziona. Lei mi indica un'altra entrata: passo senza problemi!

Quel senso di onta mi fa pensare che devo smetterla. Devo smetterla di raccontare sempre idiozie.

Il treno rallenta: ferma: *Duroc*.

Devo dirgli una volta per tutte quello che penso di lui.

Ferma di nuovo: *Saint-François Xavier*.

Perché non è giusto che mi debba inventare delle storie quando in fondo quello che non sopporto è lui.

*Varenne*, riparte.

E allora perché non dirglielo?

*Invalides*, cambio linea.

Perché lui non cambierebbe per niente, e questo non è da oggi che lo so.

*Concorde*.

E poi perché io perderei il lavoro.

*Madeleine*, cambio di nuovo.

E allora devo continuare a vivere nella menzogna?

*Pyramides*.

Forse sì!

*Les Halles*: magari qui però è meglio che vada a farmi due passi. Poi però devo scrivere, devo farlo proprio, devo scrivere il testo di Joëlle! Questa volta devo farlo per forza, non ci sono altre scuse! Questa sera persino, sì, dopo cena!"

Il giorno seguente un'altra lettera è nella mia *boite aux lettres*.

## VII<sup>a</sup> Lettera di Josef

*Cara Maria*

*quando dici che la felicità non è tutto quello che si può desiderare nella vita, non posso che essere d'accordo. E' vero, la felicità non è tutto quello che si può desiderare, ma allora, che cos'altro: cos'altro si può desiderare? Perché sai, in genere ciò che capita è proprio l'opposto. Non è forse la felicità l'unica cosa che vale la pena di essere vissuta? Tutti noi lo pensiamo, tutti noi crediamo che essa sia un nostro diritto.*

*Ma come pure tu hai notato, a volte quest'idea non è proprio altro che una chimera: una semplice illusione. Del resto per chi immagina che la felicità dovrebbe appartenergli, anche solo perché la desidera, la vita di tutti quelli che non la desiderano non può che sembrargli un mondo di rinunce.*

*Ma attenta Maria, perché io non credo che noi abbiamo rinunciato a nulla. Non credo ad esempio che non scegliendo di vivere assieme noi abbiamo rinunciato alla possibilità di essere felici. Dico questo perché sono convinto che nel momento della nostra consacrazione, ciò che noi abbiamo fatto è stato di scegliere la nostra vita! E non abbiamo semplicemente aspettato che si potesse compiere.*

*Questa Maria è la differenza tra chi si aspetta di essere felice e chi ha scelto di vivere ciò che gli compete vivere.*

*Quando si sceglie, non si rinuncia mai a quello che non si è scelto.*

*Quando si dice sì a qualcosa, è a se stessi che si chiede qualcosa. Quello che rimane nel no, il resto, non è mai una rinuncia; questi è sempre e solo ciò che non ci si chiede.*

*Quello che non ci si chiede, non è una rinuncia.*

*Non chiedendoti di condividere la mia vita, io non ho rinunciato a te, bensì ho solo scelto di vivere con te un'altra vita.*

*Quando sono fuggito a Lucca, quando sono fuggito da te, sono fuggito da tutte quelle piccole gioie che possono dare l'illusione che per qualcuno ci possa essere una gioia senza limiti, la felicità. Sono fuggito per fuggire l'inganno, per non illudermi che sarebbe bastato il mio star bene per pensare che la sofferenza degli altri fosse solo un errore, un loro errore.*

*Oggi ringrazio la mia irrequietezza, la mia incertezza, quello che mi ha fatto prendere la mia strada. In questa strada, la strada che va verso Dio, verso tutto ciò che è eterno, c'è anche il nostro amore; e quello continua a vivere, continua a dare i suoi frutti: i più dolci persino. E' per questo che credo di non aver rinunciato a nulla.*

*Con te nella gioia mia cara Maria*

*quella proprio eterna!*

*Tuo Josef*

Scegliere, certo, in fondo è quello che non so fare io! Ma chissà... forse non del tutto.

In fondo c'è gente che dice che anche pure quando non si sceglie... si sceglie.

Sarà, ma malgrado tutto, sebbene si possa considerare anche il non scegliere alla stregua di una scelta, rimane il fatto che questa è comunque una scelta di niente: un sì al nulla in pratica!

Un nulla certo molto simile ad un vuoto. Proprio come quello che mi affligge da giorni e che non demorde.

Poi ci mancava anche Jean-Pierre ad ammalarsi, e così non ho nemmeno il lavoro a distrarmi. E' un vuoto che incalza, che non dà tregua. E' veramente difficile da definire. Forse anche per questo l'ho chiamato un vuoto. Ho paura di non aver scelto nulla nella mia vita: non ho una compagna, non ho amici, non ho un lavoro degno del suo nome, ed in fondo non ho neppure un gatto. L'unica cosa che ho scelto veramente è stato il metrò. La mia consacrazione, se si può dire, s'è rivolta verso ciò che sta sottoterra; nei confronti di un dio, che di fatto, è un demone.

Una consacrazione la mia, alla cieca. Una scelta senza aver scelto nulla. Un viaggio che non ha una meta e che si scandisce giorno per giorno senza alcuna illusione che domani sarà meglio. E' la consacrazione a questo dio che mi porta questo vuoto. So che lì c'è il segreto della vita, il problema però è che non riesco a vederlo!

Sì, ho delle immagini, ne colgo dei pezzi, ma quello che mi manca è sempre la sua precisione la sua compiutezza: mi manca sempre qualcosa. Ogni volta che faccio un viaggio, rimane sempre uno. Non è mai come guardare la piantina del metrò con tutte le sue linee ben colorate, colori distinti, uno diverso per ogni singolo tragitto; dove è indicato chiaramente tutto: dove ogni linea di binari inizia e finisce, dove s'incrocia con le altre, dove si accede ad una corrispondenza, e poi tutti i nomi - proprio tutti - e ben evidenti, in grassetto e di tutte le stazioni.

Ogni viaggio che faccio è invece sempre un pezzo, non è mai come guardare l'intera mappa del metrò dispiegata nella sua interezza.

Ma ora ho deciso: domani dato che Jean-Pierre è ammalato voglio tentare l'esattezza, voglio viaggiare tutto il giorno, voglio coprire tutte le linee, proprio tutte! Voglio capire…

*

Un vortice d'immagini m'abbraccia, mi girano attorno.

Sono tante persone, tante persone.

Ho la nausea non sto bene, tento di fermarle.

Maria mi è accanto, dice di star calmo, tutto passerà. Ma non cessano.

Ho sete, tanta sete; la gente si sta fermando. Si accalcano, iniziano a guardarmi. Hanno una strana espressione, mi guardano increduli.

Cos'ho in faccia?

Mi tocco, il viso si è increspato la pelle raggrinzita. Lo sfrego, allora delle pellicole sfavillano via. Maria dice ancora:

– Adesso possiamo andare.

Mi ha stretto la mano, tira, mi alzo.

In quell'istante m'accorgo che eravamo in una fossa. Iniziamo a salire.

Sento la mano di Maria che mi strattona nuovamente: è fresca, non mi fa male, è un'essenza delicata.

Poi si gira, mi guarda, la sento vicino, talmente da riuscire a cogliere persino la brezza del suo respiro, ma non solo, anche tutti i pallido-carmini della sua bocca.

Sempre da lì, da molto vicino, mi sussurra:

– Dai che manca poco!

Ma poco per cosa…? per cosa!

In cima la gente ci attende con gioia, alcuni battono le mani, ma lei non concede che pochi istanti, indugia appena, e di nuovo mi fa:

– Andiamo dobbiamo andare!

– Ma andare dove? – le chiedo.

Non credo abbia capito, non c'era il tempo, di fatto siamo già in mezzo alla gente: Maria è cortese Maria è ferma, cerca di farsi largo mi urla:

– Andiamo, andiamo!

Una mongolfiera si erge con il suo pallone variopinto in mezzo alla folla. Vedo sempre più gente armata e in uniforme. Gli uomini diventano sempre più aggressivi. Qualcuno spara in aria altri litigano tra di loro. Il clima si arroventa sempre più. Maria mi porge nuovamente la mano.

– Dai! – mi fa: – no! non è quella la nostra… la nostra è di là dal fiume… oltre quel ponte… è lì che dobbiamo correre, lì c'è lui: c'è Josef che ci attende!

Corriamo, corriamo su un ponte lunghissimo, forse la corsa dura giorni, ma poi Dora mi fa:

– Ora basta correre!

In un deserto, candidamente vestiti, cantano alcuni monaci. In mezzo a loro, anche lì, una mongolfiera: no! mi sbaglio! sono due! due mongolfiere stanno ergendo a frastornanti fiammate i loro palloni. Vicino al cesto di una c'è un uomo, un militare; il suo braccio è appoggiato sulle spalle di Maria. E' Josef! non c'è dubbio; mi salutano. Allora per riflesso cerco lo sguardo di Dora, voglio vedere se li ha visti, vedere la sua reazione, l'espressione del suo volto. Ma lei è sparita… lei non c'è più! Cerco in giro, magari è solo nei dintorni… ma lei non c'è più, Dora è sparita!

Josef e Maria salgono sulla prima mongolfiera; un attimo dopo mi fanno cenno di salire anch'io sull'altra. Lo faccio, perché non dovrei? Loro sono in due, io sono solo. Da lì a poco iniziamo a salire. Su, sempre più su. Il bruciatore simile ad un drago non cessa d'inviare la sua roboante fiamma nel preciso centro del pallone. E' un rumore intermittente quello che ho sopra la testa e un po' m'intimorisce. Di là, dall'altra parte e all'incirca alla mia medesima altezza Maria mi fa cenno di guardare sotto. Ho paura non me la sento, ci provo ma non sto bene. Mi gridano di svuotare la zavorra. Loro intanto si sono infilati una tonaca bianca ed hanno iniziato a svuotare i loro sacchetti. Nei sacchetti c'è della neve. Io non ho una tunica bianca da indossare ma li guardo e cerco d'imitarli: anche dai miei esce della neve.

Di fatto man mano che li svuoto, man mano, mi accorgo di essere sempre più contento. Una certa euforia mi assale. Li saluto scuotendo ampiamente il braccio, loro contraccambiano e ridono. Sento che la paura mi è passata e guardo nuovamente là sotto: tutto è diventato bianco. La neve ha ricoperto case, alberi, montagne. Ma ad un tratto il mio pallone rallenta, poi si ferma. Guardo in alto e vedo che il bruciatore ha bucato la sommità del pallone. La mia mongolfiera non riesce più a salire. La loro invece continua a farlo. Vanno su, sempre più su, fin al punto in cui non riesco più a scorgerli. Io invece ho iniziato a scendere, a cadere:

no! precipitare! Non so come fare ad arrestarmi. Non c'è più niente da fare, oh Dio stringo i denti ho paura! di nuovo ho paura tanta paura... troppa!


Gli occhi si aprono...

Cos'è?

Cosa è stato?

Cosa mi è successo?

Grazie a Dio solo un sogno, solo un brutto sogno!

Ma cosa ci faccio in una camera d'ospedale?

Sono lì, sdraiato, con un lenzuolo bianco che mi ricopre fino al mento: e questo non è un sogno!

Sento un forte dolore al braccio, cerco di alzarlo, mi brucia, è tutto fasciato. Anche una gamba mi brucia; la tasto e sento che anche quella è fasciata. In viso ho pure dei cerotti.

Ma davvero: cosa mi è successo? Sì ora ricordo... ora ricordo!

Ero partito di buon ora con il primo metrò quel giorno, quello delle 5.30: una levataccia, una follia! Avevo già percorso tutta la linea due e anche la linea sei. Era il giorno in cui le volevo percorrere tutte le linee; ma a *Place de Clichy*... quello che non mi sarei mai aspettato! Sulla pensilina della stazione mentre attendevo il treno della linea tredici diretto a *Saint-Denis Université*, i miei ricordi sono svaniti. I testimoni, quelli che poi hanno detto alla polizia come erano andate le cose, hanno detto di aver visto alle mie spalle un uomo, un ometto mingherlino e trascurato, probabilmente un SDF, un senza fissa dimora; questi parlottando tra di sé stava sistemando le proprie cose su una panchina quando, tutto ad un tratto e senza alcun motivo, si è alzato ferocemente e mi ha dato uno spintone da dietro la schiena. E' così che sono precipitato nell'androne dei binari, sui binari del treno. Ma per fortuna qualcuno è riuscito a dare l'allarme in tempo, prima che il treno passasse, e io posso ancora raccontare questo assurdo incidente.

Incredibile!

Di fatto però la corrente che di solito attraversa gli impianti dei binari mi aveva ustionato. Non avevo niente di rotto, solo che la caduta mi aveva fatto perdere conoscenza. Inoltre le scottature, oltre ad essere piuttosto dolorose, richiedevano un po' di tempo a guarire.

Incredibile!


Alcuni giorni dopo informai Dora di ciò che mi era successo. Le dissi poi che al più presto avrei anche fatto in modo d'inviarle un'altra lettera di Maria: la seguente.


### VII<sup>a</sup> Lettera di Maria

*Caro Josef, c'è un tempo per tutto, e tutto non ha altro che il suo tempo. Il mio volge alla fine. Per ora è solo un presentimento, ma ben concreto, troppo concreto. Ormai è da un po' di tempo che non sto bene. Attendo sempre di riprendermi, ma ho paura che ciò non avverrà.*

*Non mi sento appassita; non mi sento al termine della mia vita, è che qualcosa si è installato per proprio conto al posto del mio sentimento, e detta le sue leggi. E' una presenza che non mi dà tregua, che urta, che immobilizza ogni fiorire del pensiero. Io mi sforzo di reagire, ma il pianto mi assale, e non mi dà tregua. So bene che la vita sin dal suo primo istante volge sempre al termine, solo che questo termine è buio, non si mostra per nulla, ed io ho paura.*

*Mi fa paura non poter più vedere l'azzurro del cielo.*

*Ciò mi fa paura.*

*Mi fa paura non poter più sentire il profumo del mio basilico... non poter più rendere felici le persone che mi amano... non poter più continuare ad amare...*

*Non poter più continuare ad amarti!*

*Molto più mi angoscia la tristezza di ciò, che non i fastidi, i dolori che mi hanno preso.*

*Vorrei averti vicino.*

*Vorrei avere il tuo conforto.*

*Il conforto di chi sa*

*il conforto di chi ha capito*

*perché ha saputo comprendere.*

*Il conforto del mio uomo*

*che mi ha protetta*

*che mi ha cresciuta*

*che si è fidato di me*

*perché mi ha amato*

*e io l'ho amato*

*perché non avrei potuto desiderare nient'altro,*

*che donargli il mio amore*

*desiderare il suo amore.*

*Ho bisogno di te, più d'ogni altra cosa al mondo,*

*perché solo tu puoi aiutarmi,*

*in questo momento.*

*Ho bisogno di te Josef, perché tu solo puoi asciugare le mie lacrime.*

*Maria*

Jean-Pierre è il primo a farmi visita:

– Ma non eri ammalato? – gli dico subito.

– Niente di grave – sentenzia con l'aria di chi dimora abitualmente sull'Olimpo.

– Tu invece, tu piuttosto, cosa mi hai combinato?

– Io?

– Io nulla, nulla di niente! – Non ho alcuna intenzione di spiegargli perché ero su quella pensilina e perché aspettavo quel treno. – Un pazzo mi ha catapultato sui binari del metrò – continuo, – e basta!

Ed ecco che entra in scena il giornalista:

– Ma tu cosa gli avevi fatto?

– Niente, niente di niente!

– Ma possibile che uno di punto in bianco si alzi e scaraventi sui binari una persona senza alcun motivo? – incalza.

– Sì proprio così proprio senza motivo, – gli replico istintivamente.

Solo che questa volta mi sembra che Jean-Pierre non abbia tutti i torti.

Questa persona avrà pure avuto un motivo? mi domando seriamente.

– Ma lo conoscevi? – continua lui.

– Io? Ma nemmeno l'ho visto io! ho sentito solo una botta alla schiena… ed è tutto, – questa ultima parte gliela dico con una vocina mite: cerco di fargli capire che non sono stato nient'altro che una vittima…

Ma il dubbio mi rimane!

E se invece non lo fossi una vittima? E se fosse invece che quell'uomo quel giorno avesse capito ciò che stavo facendo e che con quel gesto avesse tentato riuscendoci d'impedirmelo? Ma poi: cos'è che stavo veramente facendo quel giorno, cosa inseguivo?

Domande interposte a domande, generate dall'eccitazione della mente: saette chiare e lucide:

Chi era quell'uomo mi domandavo in fondo.

– L'hai almeno denunciato? – finì Jean-Pierre.

– Ma se ti ho detto che neanche l'ho visto...! – gli rispondo quasi seccato.

– Va beh va beh, non agitarti troppo! adesso la cosa che devi fare è pensare a guarire!

Un vero padre!

Poi mette le mani in tasca:

– Quasi me lo scordavo; questo è per te! – e mi allunga dei cioccolatini, una scatoletta...

Non lo facevo così tenero, commovente.

Poi con aria sentenziosa finge di rimproverarmi:

– Ho letto il tuo scritto per Joëlle e devo dirti che non mi sembra tanto buono...

E aspetta un po'.

Lo guardo e sussurro:

– Mi dispiace.

Allora lui ripete:

– Non è tanto buono perché è... Perché è ottimo! – e ride divertito proprio come quando una burla sembra  riuscita.

Allora infastidito da quel giochetto stupidino e con lo stesso tono di voce col quale avevo detto: "mi dispiace", gli replico:

– Sono contento! – ma in fondo lo sono per davvero, e allora sto al gioco e gli accenno un sorriso, perché in fondo credo che lui non sia neanche troppo colpevole di essere ciò che è; un sorriso non troppo pieno comunque.

Il mio problema con lui, se si tratta di un problema, è che non accetto di dipendere dal suo stipendio: da lui in pratica! E poi non so perché, ma è comunque un fatto che il più delle volte tutte queste persone, quelle che pagano a qualcun altro uno stipendio, queste il più delle volte sono anche...

Sì! sono anche stronze!

Anche se solo il più delle volte tuttavia, e comunque qualche volta non lo sono neanche troppo, o tutt'al più neanche del tutto. Appunto il caso di J.P. dunque... se non altro almeno per oggi!

Poi prosegue e mi fa:

– Comunque mi devi spiegare una cosa in riguardo allo scritto di Joëlle, mi devi spiegare cosa intendi quando dici che lei crea dei modi di vedere. Sì perché effettivamente a me sembra che un artista quando produce un'opera d'arte piuttosto che un modo di vedere crea una cosa. In effetti mi suona un po' strano quello che dici.

In quel momento mi resi conto che quell'ottimo che aveva pronunciato come giudizio sul mio scritto non poteva essere farina del suo sacco. Senza dubbio era ciò che gli aveva detto Joëlle! Certo. Per farmi quella domanda era chiaro che lui non aveva capito niente di ciò che avevo scritto, anche perché d'altra parte in quello io non facevo nient'altro che continuare a ripetere la medesima cosa, anche se in modi diversi. Pazienza.

Ed allora ci provo, a spiegarglielo:

– Jean-Pierre lo sappiamo! è chiaro che un artista crea qualche cosa quando fa dell'arte, questo lo si sa! ma che quel qualcosa sia solo una cosa, anche se in genere la chiamiamo opera d'arte, questo è improbabile. Il valore di un'opera d'arte non è mai in quello che è, bensì in quello che mostra. In pratica nella verità che svela.

Poi vista la sua faccia allibita cerco d'immaginarmi un esempio:

– Prova a metterti alla finestra: dai vacci!

Contrariato si alza, in fondo com'è possibile negare ad un allettato per gravi motivi un desiderio così piccolo.

– Cosa vedi?

Allora lui inizia un elenco:

– Delle automobili che passano, alcune persone che camminano… – ma si stanca subito.

– E poi… continua ti prego!

– …un'edicola, un signore che porta a spasso un cane, un uomo che sta affiggendo un manifesto…

– Ok può bastare! Bene, e se ora ti dicessi che tutto quello che hai visto è solo lo scenario di un film che stanno girando là sotto e che quelle sono solo tutte delle comparse tu cosa diresti?

– Che non è vero!

– Ma se io ti dimostrassi invece che è proprio così, e poi dopo avertelo dimostrato ti chiedessi di accostarti nuovamente a quella finestra, non ti pare che tu questa volta invece vedresti qualcos'altro, nonostante non sia cambiato assolutamente nulla di quello che avevi visto prima?

– Sì certo, è probabile, – sostiene senza perdere comunque per nulla la sua aria dubitativa.

– Ecco, Joëlle con i suoi lavori non fa altro che creare dei congegni visivi che permettono di osservare le stesse cose, ma con occhi diversi. E' in questo senso che lei crea dei modi di vedere!

A questo punto J.P. ritiene dover sfoderare il suo orgoglio, purtroppo in modo sciaguratamente grottesco:

– Sì certo, in fondo è quello che avevo capito anch'io!

– Non avevo dubbi – approvo ipocritamente. In effetti come si poteva averli?

Ma la visita più inaspettata, quella che proprio non mi sarei mai immaginato, nonostante in qualche parte del corpo di certo una delle più sane l'avevo forse desiderata, o forse solo sognata, ma un sogno sarebbe già qualcosa di troppo concreto, fu l'inaspettata visita di Dora!

Ero ormai quasi al termine della mia degenza, e senza alcun preavviso, e con un mazzo di rose bianche, una vera visione, Dora entrò con leggerezza nella mia stanza d'ospedale.

Non avevo mai visto così da vicino rose di quel colore. L'immagine del suo volto in mezzo a quei fiori era superba.

Sentii il cuore rimbalzarmi con forza alcune volte nell'emisfero superiore del cranio. La circolazione sanguigna mi aveva fatto uno scatto improvviso, e la pressione del sangue si era sfogata brutalmente sulle terminazioni dei vasi sanguigni, in special modo di gambe e braccia. Conseguenza di ciò nonostante fossi ancora sdraiato, ebbi l'impressione di correre come un matto!

– Ciao – mi sorrise, – era mio dovere ricambiare la visita…

Io balbettai qualche cosa che ho dimenticato, forse un

"non dovevi" di circostanza o cose simili. Dopodiché lei mi allungò una lettera di Josef, dicendomi che poi, dopo di quella, non gliene restava che una da darmi.

Per me era la prima che lei mi dava. Da lei la prima 'posta a mano' che ricevevo: la più gradita!

## VIII<sup>a</sup> *Lettera di Josef*

*Maria, da ché mi è arrivata la tua missiva continuo ad innalzare a Dio le mie preghiere.*

*Chiedo il tuo bene, prego per esserti vicino.*

*Io sono lì con te Maria, non puoi avere dubbi, io sono completamente lì con te, non devi temere nulla!*

*E questo esserti vicino spero ti darà la forza per affrontare tutto ciò che non conosciamo. Vorrei che tu sentissi quanto sono lì con te. Vorrei che tu percepissi la nostra unione. Per questo prego, non per un miracolo.*

*Maria noi non siamo soli: non siamo mai soli!*

*Non lo siamo mai anche se nella vita abbiamo l'impressione di nascere e morire e di essere relegati per sempre alla nostra solitudine.*

*Oh Maria, noi dimentichiamo troppo spesso tutto quanto sta oltre noi stessi. I limiti del nostro corpo sono solo limiti momentanei, apparenze di un momento, di una vita. Sono solo come delle linee che si disegnano su un foglio di carta, le quali attirano l'attenzione più del foglio stesso, più di ciò che le accoglie.*

*Ma quello in cui quelle linee vivono: è il foglio! E' quella la loro vera sostanza; e su quello, quelle linee, non sono mai sole. Io e te prima di ogni altra cosa siamo fratelli. Noi siamo linee del medesimo foglio.*

*Il nostro amore ci ha fatto capire che noi non eravamo solo delle linee, solo qualcosa che poteva farci immaginare di essere eternamente soli. Il nostro amore ha rotto l'immagine di quelle linee, mostrandoci quello che noi siamo, al di fuori della nostra immagine.*

*Maria, noi siamo il foglio di carta, noi siamo tutto quanto esiste! E non saremo mai soli.*

*Non lo saremo mai, non lo potremo mai essere, anche se lo volessimo. Noi non saremo mai soli proprio perché non lo siamo mai stati! E' questo il miracolo dell'amore, il miracolo che ci ha mostrato ciò che siamo; il miracolo di cui noi siamo stati testimoni, e per il quale ora non c'è più bisogno di pregare.*

*Maria io sono lì con te! sempre, in ogni istante, in ogni giorno, ogni anno, ogni secolo… Io sono con te sempre! Al di fuori di ogni tempo, di ogni vita, di ogni mondo: non lo puoi dubitare!*

*Maria, io, per la grazia dell'amore, posso dire di essere te, ossia qualcosa di più che esserti solo accanto!*

*Spero che tu riesca a sentire tutto questo… Spero che anche tu riesca a dire: io sono con te!*

*Ed è per tutto questo che non smetterò di pregare…*

*Uniti per sempre dalla sostanza divina*


*Josef*



Era una luce. Offriva un volto a ciò che mi era successo. Ripensando al mio incidente e a tutto quanto quel giorno stavo cercando di raggiungere, alcune cose erano ormai chiare. In effetti quello che quel giorno stavo inseguendo, in fondo era una follia!

Paradossalmente un folle, solo un folle l'aveva visto, e solo lui avrebbe potuto impedirmelo. D'altra parte chi meglio di lui poteva vegliare a quella porta?

Sì, era una follia!

Ora mi è chiaro.

Quel giorno io cercavo la verità di ciò che si dimostrava nella singolarità di un'immagine, nel suo abbraccio totale. Era come se non mi accontentassi più di vivere giorno per giorno, ma volessi vivere tutta la mia vita in un solo ed eterno istante, come in un'immagine. Volevo tutte le linee del metrò, in un solo giorno, nel loro disegno complessivo, come se quel disegno fosse veramente tutto il metrò.

Ma quel disegno non era altro che un'idea... e un'idea racchiusa talmente bene nel proprio aspetto... tant'è che ha mostrato la propria verità solo rompendosi!

Come quelle linee che nascondono il foglio di carta, così anch'io ero rimasto abbagliato dal disegno, perdendo appunto il contatto con la sua sostanza: i miei mille frammenti, le mie mille gocce, tutto ciò che fa scorrere costantemente la mia vita, giorno dopo giorno.

Il metrò non aveva una verità complessiva, ricercarla avrebbe comportato la pazzia.

Non c'era!

Il metrò come la vita aveva solo i suoi mille pezzi, e questi non potevano che essere vissuti con la pazienza di ogni giorno, con la curiosità di ogni giorno, ma anche con la fatica, con il senso d'incompatibilità, ed ogni altro malessere immaginabile... anche tutto ciò erano i suoi mille pezzi, anche il vuoto che provavo, in fondo, gli apparteneva.

*

Dora era splendida, indossava quasi sempre dei vestiti chiari ed era avvolta costantemente da uno strano e delizioso profumo, qualcosa simile alle mandorle amare. Di sicuro questo veniva dai segreti inaccessibili della sua pelle, così delicata e nascosta.

Era lì tutti i giorni.

Aécio e sua figlia quasi l'avevano obbligata a venire. Il biglietto dell'aereo gliel'aveva pagato lui. Dora mi disse inoltre che aveva preso l'iniziativa di scrivere al signor Franz Müller per avere notizie di Josef. Praticamente aveva inviato una missiva al medesimo indirizzo che Maria utilizzava per spedire le sue lettere. Era possibile che qualcuno avrebbe potuto risponderle, aveva pensato, anche perché a ben guardare non erano passati tantissimi anni dall'ultima lettera. Dora chiedeva regolarmente ai suoi se fosse arrivata una risposta, finché un giorno, precisamente il giorno prima delle mie dimissioni dall'ospedale, entrando mi disse immediatamente che a casa era arrivata una lettera dalla Germania. Era Franz Müller che scriveva, lui in persona, e l'invitava a contattarlo per telefono. Si era presentato come banchiere in pensione e fratellastro di Josef.

Alcuni giorni dopo decidemmo di chiamarlo, senza esito. Riprovammo poi più volte, finché una di queste ci rispose la moglie. Ci disse che avevano il telefono in un posto dove non lo sentivano suonare. Lei si era sempre lamentata con suo marito per quella cosa, ma lui continuava a dirle che il telefono andava bene dove stava. Mi passò il signor Franz, gli raccontai qualcosa di noi e poi accennai delle lettere. Lui ovviamente sapeva già tutto, dato che Dora gliene aveva parlato nella sua missiva. Ci disse che purtroppo Josef era morto da alcuni anni. Era la conferma di un presentimento che sia io che Dora avevamo avuto, senza essercelo mai detto. Ebbi un attimo d'incertezza, ma il mio imbarazzo fu presto rotto da un'inaspettata proposta di Franz, il quale ci chiese se ci sarebbe piaciuto andare assieme a lui e sua moglie in visita al luogo dove Josef aveva vissuto gli ultimi anni, e nel quale si conservavano le sue spoglie. Loro ne sarebbero stati felici, e probabilmente anche Josef stesso lo sarebbe stato, immaginò. Ci disse poi che avevano una casa presso la Bretagna e che tra due giorni ci si sarebbero trasferiti. Sarebbero andati lì per trascorrere come al solito il loro periodo di vacanze estive. Da lì poi, come tutti gli anni da quando era morto Josef, subito sarebbero partiti per una specie di pellegrinaggio alla sua tomba, in un luogo nella zona delle Alpi. Lo facevano non solo per rendergli omaggio ma anche perché avevano l'impressione che il suo spirito li proteggesse, li proteggesse e rinforzasse la loro unione. Ci saremmo dati l'appuntamento nei pressi di *Croisic*, dove appunto avevano la casa, e poi da lì avremmo fatto il viaggio assieme. Guardai Dora, le feci un'estrema sintesi, ma lei non mi lasciò nemmeno finire che mi disse: "Sì, sì, ho ancora una settimana da rimanere in Europa, dovrebbe bastare, va bene, va bene."

Jean-Pierre non mi fece problemi, anzi, mi disse che un po' di vacanze mi ci volevano per rimettermi.

Tutti i giorni li trascorrevo con Dora. Le dissi che se voleva l'avrei potuta ospitare, ma lei mi rispose che preferiva restare all'albergo, anche per non essermi troppo di peso. Ma quale peso? pensavo tra me, anche se lei sembrava convinta.

Dora era proprio come mi avevano detto i suoi. Dora era una poetessa! Ma non tanto perché scrivesse o meno delle poesie, questo nemmeno glielo avevo chiesto. La poesia era la sua espressione, o meglio, c'era poesia nei suoi gesti. Mi sembrava la prova vivente di ciò che diceva Maria quando parlava di quell'amore che viveva dentro di lei. Non c'era mai fatica nei suoi movimenti; tutto il suo incedere era semplice e leggero. Quasi non incontrasse alcuna resistenza fisica in quello che faceva. Tutto le veniva naturale. Dora mi sembrava una di quelle "nubi bianche". Nessun movimento era studiato, preparato. Era come se proprio dentro di lei vivesse il principio stesso dell'armonia. Poi però, in alcuni momenti, appariva triste, rassegnata. Un senso di profonda paura sembrava invaderla, e come una cerbiatta ferita si ritirava dentro di sé, impaurita. In questi momenti io non sapevo proprio cosa fare. Non riuscivo a spiegarmi il perché, ma ogni tanto accadeva, senza alcuna ragione, senza alcun preavviso. Probabilmente fu in uno di questi momenti che partimmo per *Croisic*.

Dovetti attenderla per più di mezz'ora prima che uscisse dall'albergo. Mi disse solo "scusa, ma non mi sentivo molto bene". Io non insistetti, anche perché stavamo proprio per perdere il treno.

I coniugi Müller ci vennero a prendere alla stazione. Lui alto, robusto, con una chioma bianco-lucente, lei una bella signora con ancora i segni della giovinezza oltre che sul viso nei jeans e nelle nuove e fiammeggianti scarpe da ginnastica.

La sera ci offrirono una succulenta cena a base di pesce. Era una coppia piuttosto affiatata nonostante alcuni screzi per delle futilità.

Mi chiesero come avevo fatto ad entrare in possesso delle lettere, ed io gli raccontai l'aneddoto che mi aveva narrato il *bouquiniste*. Allora Franz si alzò dal tavolo e mi disse:

– Mi segua!

Mi mostrò in uno studiolo una piccola e vecchia scrivania, piuttosto scura, ma con l'evidente lucidatura di un recente restauro.

– Non può che essere questa! – continuò.

Io restai un po' allibito, e forse mostrai anche una certa preoccupazione dato che Franz ci tenne subito a dirmi:

– Non si preoccupi, le lettere sono sue, anche perché io non sapevo che erano finite lì dentro, lei non ha fatto altro che comprarle, regolarmente. Comunque mi farebbe piacere poterne avere una copia.

Io dissi che non c'era alcun problema, anzi, se Dora fosse stata d'accordo gli avremmo potuto dare anche le copie di quelle scritte da Josef. Poi ci raccontò che quella scrivania era ciò che assieme ad altri oggetti personali i monaci del monastero si erano preoccupati di fargli avere, su volontà esplicita di Josef, di Padre Josef.

Lui non aveva mai capito il perché di quel gesto e perché proprio quella piccola scrivania. In quel momento rimpiangeva di non essere stato più attento, e di non averla esaminata con cura prima di darla l'anno precedente ad un restauratore per risistemarla. Anche perché del resto era proprio lui che durante le rare visite gli consegnava quella corrispondenza privata. E in ciò che Josef gli aveva lasciato, di quelle lettere, non c'era proprio alcuna traccia.

Avrebbe dovuto pensarci, ma era convinto che fossero andate distrutte. Si rammaricava, ma poi mi disse:

– Comunque in un certo senso la provvidenza, lei in particolare, me le ha riportate!

Io non potei che aggiungere:

– Proprio così.

Durante il viaggio in macchina ci raccontarono di Josef. Ci dissero che nell'ordine aveva assolto diverse funzioni fino a raggiungere il grado di priore. Lo dissero con un certo orgoglio, cosa che mi sorprese alquanto, anche perché di tutto ciò, della carriera ecclesiastica di Padre Josef non esisteva nemmeno l'ombra nelle sue lettere. Franz era fratello di madre di Josef. Questa dopo essere rimasta vedova del primo marito si era risposata. Josef era il suo unico fratello e più vecchio di lui di quattordici anni. Disse che da ragazzi, anche per la differenza d'età, non si erano conosciuti molto, e che poi quasi subito dopo le vicissitudini della guerra, che ci raccontò nei dettagli, si era fatto monaco. Per questo motivo per Franz, Josef era sempre stato più un padre spirituale che un fratello di sangue, più un sant'uomo che un semplice uomo.

Dora mi sedeva accanto. Ogni tanto mi sorrideva, ma ciò nonostante mi sembrava proprio su un altro pianeta. Non mi pareva molto interessata al racconto di Franz, così come nemmeno alle integrazioni di sua moglie. Mi sembrava invece molto più interessata al paesaggio. Mi disse che era molto contenta di poter vedere le Alpi e che non avrebbe mai creduto che il verde della vegetazione potesse essere così intenso.

Giungemmo al monastero poco prima dell'imbrunire. Franz s'intrattenne un po' con un monaco che sembrava conoscere piuttosto bene e poi, dopo aver attraversato un piccolo chiostro interno giungemmo nei pressi di un piccolo cimitero. Questo aveva una grande croce di granito al centro, e tutt'attorno tante altre piccole e di legno. Il luogo era veramente incantevole, il silenzio totale. Si udivano solo alcuni uccelli, che però, con il loro canto, in quel luogo sembrava facessero solo eco alla vastità del silenzio. Nient'altro.

Dietro, leggermente spostato sulla sinistra, un piccolo muricciolo. Questo era alla sommità di un muro di contenimento ben più alto fatto per consolidare il terrapieno su cui si ergeva il cimitero. La vista era superba, con montagne rivestite di vegetazione e lievemente tinte dai gialli e dai rossi del crepuscolo. Non si potrebbe immaginare un luogo migliore per riposare in pace.

Quando giungemmo nei pressi delle croci io e Dora ci guardammo con stupore: su di esse non c'era scritto nulla, né un nome né una data. Come sarebbe stato possibile riconoscere quella di Josef ci chiedemmo a vicenda con l'espressione del viso. Allora Franz e sua moglie, che forse avevano temporeggiato anche per lasciarci un po' nel limbo di quello smarrimento, ci indicarono la prima croce, quella subito dopo e alla sinistra della grande.

Quella mancanza di segni mi urtava un po'. Anche se poi si sa che non sono altro che segni, rimaneva però in me un senso di fastidio nel vedere in tutte quelle croci nient'altro che croci, senza poter sapere a chi appartenessero, chi indicassero quelle croci, chi in un certo senso le avesse durante la propria vita portate, cosa avesse fatto, come avesse sofferto, amato... Mi rendevo conto che per quello scopo un nome e una data non sarebbero comunque bastati, ma sarebbe già stato qualcosa! mi dicevo.

Certo, quelle croci senza nome erano in linea con ciò che Josef stesso aveva detto anche a Maria, quando le aveva appunto parlato delle linee sul foglio di carta. Stava di fatto che quelle però c'erano. Che comunque nella vita ognuno le tracciava, quelle linee. E allora non mi sembrava molto giusto doverle cancellare così, con tanta facilità; anche se c'erano dei motivi validi per farlo, ossia il famoso foglio di carta. Questo perché cancellando quelle linee avevo l'impressione che si cancellasse un po' anche il senso della vita stessa. In fondo anche se il senso della vita non era la sua immagine, proprio perché un nome sulla croce non sarebbe mai potuto bastare a rendergli giustizia, era solo in quell'immagine che poteva mostrarsi.

Avevo l'impressione che cancellando quell'immagine anche il senso stesso potesse correre il rischio di non essere più visto, lasciando così spazio solo alla possibilità di uno smarrimento. Ma i pensieri non potevano prendere il sopravvento in quell'ambiente così maestoso: forse erano altri i segni che avrei dovuto cercare. E questi mi apparvero subito: eravamo noi! Eravamo noi, ognuno coi propri pensieri, con le proprie vite, testimoni di quella croce senza nome; in quel momento, con i nostri sogni, le nostre preghiere, i nostri sguardi. Eravamo noi i testimoni di quella vita segnalata da una semplice e umile croce, proprio perché in ognuno di noi continuava a vivere un po' la sua storia. Fu proprio in quell'istante che Dora estrasse da un quaderno un fiore. Mi sussurrò all'orecchio e mi disse che l'aveva colto sulla tomba di Maria. Poi l'appoggiò con delicatezza su uno dei bracci di quella croce. Con la prima brezza se ne sarebbe volato via, pensai. Anche Dora lo sapeva, anzi, proprio lì nessuno si sarebbe illuso che quel fiore avrebbe potuto rimanere a lungo; proprio come quelle esili croci di legno, così fragili di fronte al trascorrere del tempo.

Il giorno dopo riprendemmo la via del ritorno.

Durante il viaggio nessuno aprì bocca, se non per dire le cose indispensabili. Era come se ci avesse colto un senso di mistero, e beatitudine. Il silenzio era il migliore custode; proprio come se tutto quello che si potesse dire, in fondo, non fosse di grande importanza, anzi, avrebbe potuto tradire il sentimento stesso.

Ritornati a *Croisic* non senza fatica salutammo i coniugi Müller. Inoltre mi rendevo conto che il tempo di permanenza di Dora giungeva al termine. Di lì a tre giorni sarebbe ritornata in Brasile. Questa scadenza aggiungeva tristezza.

Mi sentivo bene con lei.

Una delle ultime sere la invitai a cena, ma lei non mi rispose. Le chiesi se la mia proposta le sembrava inopportuna, ma lei disse semplicemente: "No". Allora le chiesi nuovamente: "Vuol dire che accetti?" Ma lei non rispose nuovamente. Non capivo questo suo comportamento. M'indispettii un po' e dissi semplicemente: "Va bene... come vuoi...!" allora lei mi indicò un caffè. Ripensandoci, in tutto il tempo trascorso assieme, non avevamo parlato molto. Io non le avevo chiesto nulla, lei la stessa cosa. Mi sembrava che la storia di Josef e di Maria fosse sufficiente.

Ma quella era però la loro, storia, non la nostra!

In quel caffè cercai di recuperare qualcosa 'di nostro', lei mi sembrò contenta. Fu la prima volta che le feci capire d'interessarmi a lei, come singola persona, a lei e alla sua vita. E Dora l'apprezzava. Le chiesi del padre di Léia; sulle prime non rispose, ma poi mi disse che dopo due anni di matrimonio si erano lasciati. Lui si era rifatto una famiglia, lei no.

— Perché? — chiesi.

— Perché non ho mai trovato l'uomo giusto, — mi rispose.

— Il padre di Léia non lo era?

— Lasciamo perdere, — continuò, e poi: — lui forse era troppo uomo, e proprio per ciò che forse non era molto giusto.

— Come giusto?

— Sì, voglio dire che era interessato solo a se stesso e a tutto ciò che lo poteva gratificare, in pratica tutto quanto gli procurasse un piacere personale. Sì proprio così, quello che gli interessava era solo il suo ego, e tutto ciò che faceva lo faceva per quello. Il mio matrimonio, durando due anni, era già durato troppo!

— E la sua nuova moglie chi è? — la storia ormai m'aveva preso.

— No, non la conosco, ma da quello che ho sentito... deve essere proprio come lui.

— E l'uomo giusto come dovrebbe essere?

– Non come lui, – mi rispose.

– Ma vedi che invece probabilmente per la nuova moglie lui è l'uomo giusto.

Ed allora lei replicò:

– Sì, è probabile, ma credo proprio che lei non cercasse quello che cercavo io.

– Allora non è tanto una questione di uomo giusto –

aggiunsi.

– No – mi fece, – probabilmente è più una questione dell'uomo giusto per te; giusto per quello che tu vorresti.

– E tu che cosa vorresti? – le chiesi, consapevole di essere arrivato a quello che più m'interessava.

E lei semplicemente mi disse:

– L'amore.

Era una parola che mi riempiva il cuore. Una parola che in fondo non diceva nulla. In pratica cosa vuol dire volere l'amore? cosa si vuole veramente?

Nulla, in pratica.

Ma nonostante ciò era l'unica parola che mi aspettavo da lei.

L'amore!

L'ideale che spinge oltre se stessi, il quale in sostanza non è altro che 'desiderio d'amore'! Perché desiderare l'amore in fondo è già amare, ed è anche per questo che in fondo non si sa cosa sia l'amore. Difatti i desideri sono anch'essi sempre un po' come i sogni: inafferrabili come i sogni!

Fu per questo che nonostante mi venne da chiederle cosa intendesse con quel 'volere l'amore' non glielo chiesi. Mi bastava sapere che era quello ciò che lei voleva, perché il saperlo rendeva superfluo tutto il resto.

A Dora diedi anche l'ultima lettera di Maria.

## VIII<sup>a</sup> Lettera di Maria

*Caro Josef le tue preghiere, le tue parole, mi sono giunte come pane per l'affamato, acqua per l'assetato, la verità di Dio per chi è nella prova più ardua. Ma tutto ciò non sei tu. Tu sei qualche cosa di mio, ma tu non sei qua. Tu assomigli al pane, all'acqua, alla verità di Dio ma tu, tu non sei tutto ciò! Tu non sei qua, assieme al tuo corpo, assieme a tutto ciò che è tuo, che è mio.*

*E la mia anima non vuol saper nulla! Non ne vuole sapere di qualche cosa che potrebbe anche essere solo un'illusione. Solo tu potresti rassicurarla, solo tu e non le tue parole. Questa è la prova più ardua, non solo perché la morte si avvicina. Questa è la prova della verità della nostra vita, è la prova che abbiamo vissuto, che stiamo vivendo. Questa è la prova della verità del nostro amore, e per questa prova, Josef, non ci sono parole. E' per questo che non posso esprimermi che con una poesia muta.*

*Se solo avessi la forza, la scriverei.*

*Se solo fossi in grado di scegliere le 'parole giuste', lo farei. Ma dato che questa poesia non può avere parole, essa ha solo profumi, odori.*

*Ci sono tutti i miei piatti, i più deliziosi. C'è il basilico, ci siamo noi due. E poi una musica, una musica bianca che accoglie tutto e che suona solo alcune scarne note, scarne ma accoglienti. Scarne ma con tutta la dolcezza di una madre, con tutto il rigore di un padre. Scarne note, ma i punti fermi di una vita. Come i colori del giorno, i colori della sera. E questa poesia finisce con la notte, ma una notte bianca. Una notte senza stelle, senza luna. Una notte dove ogni cosa rimane ciò che è. Ecco il senso di questa poesia: il senso della prova! Una prova è prova perché di fronte a lei c'è sempre ciò che è, e mai ciò che potrebbe o non potrebbe essere. Questa poesia chiede la prova, chiede la prova della verità, chiede la prova della verità delle parole. E' per questo che non può essere affidata solo ad esse.*

*La mia poesia senza parole non è perciò nient'altro che la richiesta della verità di quelle parole, la richiesta della verità di quell'amore che per lungo tempo è stato a loro affidato.*

*Caro Josef, oggi è giunta l'ora della mia prova, ed assieme ad essa è giunta anche quella della verità del*

*nostro amore.*

*Maria*

Domani Dora partirà.

Qualcosa è successo tra di noi, ma non so bene cosa. Tutto è lì sospeso a mezz'aria. Io ho una forte attrazione nei suoi confronti, lei non so. Credo che potrebbe anche essere la donna giusta per me, lei non so. Non so nemmeno se si trovi bene con me, se gli piaccio, anche se non del tutto: qualcosa. E poi la guardo e capisco che è successo qualcosa tra di noi, ma non so proprio cosa.

La gita a *Saint-Germain en-Laye* è stata stupenda. La giornata dolcemente assolata non poteva rendere giustizia in modo migliore a quel bellissimo parco, visitato in lungo ed in largo. Non so bene il motivo, ma come ultimo giorno di Dora a Parigi le ho proposto qualche cosa di estraneo alla città: il parco di un castello. Un'immersione, seppur un po' fittizia, nella natura.

Dora ha accettato di buon grado.

Avevo l'impressione che il contatto con la vegetazione, l'immergersi in essa, non avrebbe potuto che farle bene. E' un po' come quando si acquista un prodotto alimentare di origine biologica, oppure qualche cosa che non ha subìto gli stravolgimenti di una produzione meccanica, o anche che provenga da sistemi economici non eccessivamente sviluppati. Si ha l'impressione di fare un passo indietro verso qualche cosa di più originario, di più vero, qualche cosa che non potrà che farci bene, anche se magari è solo un'impressione.

Dora l'ha apprezzato. Tutto sommato abbiamo parlato poco, come al solito, ma in compenso abbiamo sentito quasi tutto: i profumi, i colori, gli uccelli, il sudore, la leggerezza, la fatica, l'acqua fresca, la mela e le ciliegie che ci eravamo portati…

Ora siamo sul treno che rientra a Parigi. Siamo uno accanto all'altra. La carrozza è semivuota.

Non credo che sia successo per caso che siamo lì, uno accanto all'altra, nonostante tutti i posti vuoti che c'erano. Dora guarda fuori dal finestrino, ma pensa ad altro. Io invece la guardo, e anche la penso.

Penso a quanto è bella!

Poi ogni tanto fingo di non guardarla, per non metterla in imbarazzo. Ma continuo a guardarla. Penso ai suoi capelli di seta, docili e neri, e a come potrebbero sciogliersi nelle mie mani se solo li dovessi accarezzare. E poi continuo a guardarla. I suoi occhi attenti, scuri, luminosi, ora mi osservano. Il suo naso forte e tagliente lievemente s'increspa. Delle striature si dipartono dalla sua base fino a scendere giù, fino all'estremità delle labbra, sottili e generose.

Mi sorride.

Penso a come la sua bellezza sia irresistibile: ma a cosa dovrebbe resistere?

E allora continuo a guardarla.

Il suo collo ben levigato ondeggia dolcemente. La testa, fatta proprio per quello, non si oppone. Anch'io ondeggio. Anch'io ho tolto i freni al mio busto e mi fletto accogliendo gli strattoni del treno. Ma ben presto quelli prendono sempre più i caratteri di un ballo: un valzer forse, o solo un semplice gioco d'amore. La mia spalla urta contro la sua, e poi di nuovo, e ancora una volta. Ma questa volta non è più solo la spalla ad urtare, anche l'avambraccio ne è divenuto complice. E poi non ci sono più urti perché ondeggiamo assieme.

Dora continua a guardare fuori, solo che questa volta capisco che anche lei mi sta guardando. Sento il calore del suo braccio. Penso che anche lei senta il mio. E allora mi stacco. Non vorrei che credesse che l'abbia fatto apposta, quando è proprio così. Un certo pudore si dovrebbe sempre dire di averlo, anche perché in fondo dirlo è ciò che basta. Ma è stato sufficiente anche un solo istante perché i nostri avambracci siano ancora attaccati. Questa volta sono però sicuro che è stato il busto di Dora a sceglierlo. La mia gioia è immensa.

Qualcosa di me allora le piace, anche se forse si tratta solo del calore del mio avambraccio. Ondeggiamo assieme, e più ondeggiamo e più sento la pressione di tutto il suo corpo. Un senso di piacere e felicità mi pervade. E' come se ora non vedessi più solo la sua bellezza, ma ne stessi gustando la bontà. La bontà della sua vita, sottile, e dei suoi fianchi, forti e gentili. Dei suoi piedi soffici, delle sue mani leggere, e delle sue gambe lisce e tenere, salde e tenere.

Ora anche la parte esterna della mia gamba si è appicciata alla sua. Ho come l'impressione di voler a tutti i costi perdere i confini del mio corpo. Ma cos'è questa cosa?

Dentro di me è tutto un subbuglio. Un subbuglio che si dirama in modo ordinato sulle direttive di una linea di forza che come la corda di un arco teso si diparte dalla mia nuca per scendere giù transitando per tutta la schiena. E' una tensione, un'eccitazione! E' qualche cosa che sento come mio, ma allo stesso tempo che non mi appartiene. Il piacere di questa tensione è sullo stesso piano della paura. Mi crogiolo e mi danno.

Voglio toccarla, ma ho paura di essere toccato. Subito succede tutt'altro. La mia gamba spinge sempre di più: la sua non molla! Sfrega leggermente e con forza, piano e a scatti. Il tessuto dei calzoni fa sentire la sua presenza, le cuciture leggermente si agganciano le une con le altre. Mi chiedo perché vorrei che quei calzoni si spaccassero. Da dove mi arriva tutta questa volontà distruttiva. Chi è l'artefice? Perché mezz'ora prima non avrei mai pensato a una cosa del genere? O forse l'avevo già nella testa da sempre.

Ma i calzoni non si potranno rompere, devo abbandonare il pensiero. Ed allora cerco un altro contatto. Se fino a quel momento tutto poteva ancora rientrare come effetto un po' bizzarro del ballottio del treno, quello a cui medito ora non potrà essere equivocabile. La sua mano: toccarle la mano! Ma non ci riesco. E' qualche cosa di troppo importante, perché vorrebbe dire qualcosa. Qualcosa che metterebbe a rischio la mia individualità. Ma tutto ciò è solo l'ultima tentazione del pudore, perché ormai sono già perso. La mia mano è persa nella sua. Una volta avevo solo cinque dita, ora sono diventate dieci, venti, trenta... dita che si accarezzano, si sfregano, che giocano, che parlano. Parlano di due mondi che si stanno incontrando. Due mondi che da molto si stavano cercando. Due mondi ho detto, e non due persone, perché due persone hanno solo la loro storia, mentre due mondi portano con sé la storia. La storia di Maria e di Josef nel nostro caso, la storia del loro amore è lì su quelle dita, su quei palmi. La loro storia è divenuta la nostra storia. E' lì, la si può sentire, non è solo una storia. E' entrata dentro di noi un po' alla volta, e di noi si è impossessata: per continuare a vivere. Ma quella storia è divenuta nostra. Sento di desiderare Dora più di quanto abbia mai desiderato in assoluto. E' un sentimento che si percuote languidamente su tutta la mia pelle, e non è il sentimento di un altro, ne sono certo!

Ma tutto ad un tratto la realtà: siamo arrivati. Dobbiamo slegare le nostre mani. Scendiamo, uno accanto all'altra, solo che adesso stiamo camminando per i corridoi della stazione. I cartelli della linea quattro, direzione *Porte di Clignancourt* ci guidano. Siamo ancora lì, uno accanto all'altra, come se tutto o nulla fosse successo.

Tutto, del resto, quando capita, non capita mai per sempre. Quello che capita ha bisogno di noi, tutte le volte, affinché si possa dire che c'è capitato. E' anche solo così che ciò che è stato, può avere delle conseguenze. Altrimenti non è altro che un attimo, ossia qualche cosa che forse non è nemmeno successo. Ma quando ciò che si fa continua a ripetersi, allora vuol dire che quello che sta succedendo non è casuale. Vuol dire che c'è qualcosa, o qualcuno, che lo vuole.

Anche la carrozza del metrò è semideserta. E' una strana Domenica. Saliamo, e quando ci sediamo siamo ancora lì, uno vicino all'altra. Ormai ne sono certo: tutte queste coincidenze non sono più solo coincidenze. Ma è chiaro anche che ormai questo pensiero mi viene per pura retorica. Una specie di ridondanza, come per farmi abituare alla cognizione che forse non sono solo io a desiderarla. Forse anche lei lo vuole.

È così: ci baciamo.

Non avrei mai pensato di trovarmi sul metrò in una situazione del genere, sono un po' a disagio. Ma poi... quante cose non si pensano.

E' un bacio, è un bacio d'amore. Ci si può baciare per tanti motivi, ma quello non ha motivo. Dora mi ha offerto le sue labbra, io le ho accolte con dolcezza nelle mie. Erano tenere, irresistibili, ed è per questo che la mia lingua mi ha lasciato; e lei, per nulla sorpresa, le ha concesso amorevolmente tutto il giaciglio della sua bocca. Infine abbiamo messo in comune le nostre salivazioni, fortemente sollecitate, umidamente eccitate. E' chiaro che non si accettano gli umori della bocca di qualcun altro se non si è da questi fortemente attratti. No! non lo si accetta proprio. Ed è anche così che ho perso tutto il mio corpo.

Sono lì che la bacio e quella bocca fatta di più labbra di più lingue più denti è divenuta il mio corpo. Non c'è nient'altro a parte forse le mie braccia che la stringono al petto, ma anche la mia mano che le accarezza la schiena, quell'altra i capelli, la guancia, poi i fianchi... Le stazioni si succedono, e il mio corpo si trasforma con esse, assieme alle mie mani, assieme alla nostra bocca.

E' strano come qualche cosa possa dissolversi così senza un vero e proprio motivo. E' bastato un sentimento affinché le stazioni siano divenute solo dei vaghi rumori sullo sfondo, qualche traccia di colore, più o meno sbiadita. Non hanno più nemmeno una loro identità ben precisa. Non sono più le stazioni dove il treno ferma le porte si aprono la gente sale o scende le porte si richiudono il treno riparte. Sono solo qualcosa sullo sfondo che ha perso il suo nome, il suo numero, la sua linea. Ma la coscienza è sempre lì, assopita forse, nello stato d'incoscienza, ma sempre pronta a risvegliarsi al momento opportuno, al momento in cui quella traccia di colore sbiadita prende la forma e il nome della stazione in cui si deve scendere. E' quella: Dora andiamo!

La sveglia ha suonato. Stralunati, trasognati scendiamo, ancora assorti e inebriati. L'amore in fondo ha anch'esso la sua gradazione alcolica. Il treno riparte e noi ci guardiamo quasi increduli per essere riusciti a scendere. "Sì Dora, ce l'abbiamo fatta, è la stazione giusta" le dico. Lei mi sorride, ma è un sorriso nuovo. C'è la felicità nel suo volto. Ho l'impressione che quella felicità che c'è nel suo sorriso sia anche la mia. Ora sento che qualche cosa è successo realmente. Non è stato solo uno scambio di effusioni, di saliva. Io non ho perso solo momentaneamente il mio corpo, ma ho incontrato il suo. E' il suo che è rimasto dentro di me. E lo vedo in quel sorriso, perché quella felicità è anche la mia.

Ora mi viene facile darle la mano, e lei la sua. Non c'è più alcun ragionamento dietro. Non siamo più solo due persone come nemmeno una. Siamo io e lei, e ci diamo la mano, tutto qua. Una cosa molto semplice, ma decisamente importante. Non siamo più solo due persone, siamo divenuti due complici. In quella mano c'è un patto, e non è un patto di fedeltà, ma di fede. Fede che nel legame dell'amore sia possibile trovare il senso dell'esistenza.

Entrambi con quella mano ce lo stiamo dicendo. Entrambi siamo pronti a tutte le conseguenze, di quella mano.

E di nuovo qualche cosa muta in quella corrente che mi sta pervadendo. Qualche cosa di più soffice, elastico. E' come se i nervi, più allentati, avessero iniziato a suonare una melodia più dolce. E' come se l'affanno della tensione avesse lasciato il posto ad un nuovo vibrare. E' la passione! una passione avvolgente, profonda. Non c'è bisogno che glielo chieda perché Dora è lì, con me, nell'entrare in casa. E non c'è tempo per nulla perché l'urgenza di sentirci sovrasta ogni cosa. Solo un attimo e i nostri vestiti diventati l'oggetto di una fantastica magia spariscono nel nulla.

E' meraviglioso. Ma tutto ad un tratto mi blocco. E' uno strano istinto quello che mi frena dal lanciarmi immediatamente nelle rapide delle emozioni. E' l'estrema ragione dei miei occhi quella che mi chiede di perorare ancora un poco alla loro causa. Mi promettono la fedeltà dell'immagine, la fedeltà del ricordo. Mi promettono che quello che sto vivendo non si scioglierà al primo sole. Che rimarrà in me attraverso la loro immagine. E i miei occhi vedono: vedono la bellezza. Dora è dinnanzi ai miei occhi. E' lì, e pure lei mi guarda. Le è rimasto solo un filo d'oro bianco al collo, dal quale pende uno strano amuleto. Più in basso due piccoli seni, due dolci e orgogliose ciliegie irte e verdi, fresche e mature, delle quali senza cognizione di causa assaporo la fragranza. E poi più in basso ancora, il suo sesso; a breve distanza da un monte di venere nodoso e coperto da una peluria rara e diffusa. Un pube turgido è lì a guardia del suo sesso, sazio di mistero, tenero e discreto, invitante. Invitante come il lieve inchino di un'orchidea leggermente arrossita dalla propria purezza.

Con voce bassa e con delle parole vellutate Dora mi invita: "Vuoi accarezzarmi?" Sono di nuovo imbarazzato, ma lo faccio. Vorrei dirle: "Anche tu puoi farlo", ma Dora è meglio di me perché vedo delle unghie lunghe e ben curate impreziosite da un rosso carminio transitarmi sul volto. Sono la sua mano, le sue mani che teneramente stanno riconoscendo la superficie del mio viso. E' un gesto soffice, dolce. Ed anch'io l'accarezzo. E più lo faccio e più le mie mani mi scivolano via sulla sua pelle, come se questa fosse ricoperta da invisibili sfere, lì solo per facilitare il moto delle carezze. Gli occhi mi si chiudono. Ci abbracciamo ci stringiamo, ci stringiamo. E' un tuffo, è un entrare in contatto con qualche cosa che ha perso la propria materia. E' una spanciata nell'anima. Di nuovo i confini sono svaniti, ma questa volta anche la muta sveglia della coscienza tace. Non c'è più niente a ricordarmi che io sono io e lei è lei. Proprio più niente. Sento solo e basta, e questo sentire non ha più un concetto a cui riferirsi. E' rimasto solo! è solo sentire!

E più sento e più la pelle vuole sentire. I muscoli si contraggono, le natiche s'innervosiscono, le labbra faticano a contenere i loro liquidi, i capelli impazziscono, i peli pungono. L'acuirsi del desiderio sferza i nostri corpi. E' sotto questi scudisci che ruotiamo sul pavimento come massi che rotolano a valle in cerca di qualcosa per potersi fermare. Ma qui non si tratta di fermarsi, qui si tratta di trovare un accordo ai nostri desideri. Gli affanni divengono perciò meno confusi, i muscoli iniziano a capirsi. I gemiti si trasformano in mugolii regolari. E' come se i nostri corpi dopo l'ardore dell'essersi conquistati ora si parlino, ricerchino un ritmo comune sul quale istruire in un certo senso la loro soddisfazione. E il ballo ritorna con il suo ritmo, il ritmo del cuore. E' lui il vero direttore dell'amore, è il cuore, con il suo ritmo. E quando la parola torna è solo per dire ancora una volta: "Dora ti amo, ti amo." Ma questa volta non è più solo una premonizione in una camera d'ospedale. E' qualche cosa che ci sta accadendo veramente. Entrambi ne possiamo essere certi questa volta perché anche Dora mi può rispondere; e lo fa anch'essa, sulle note del cuore: "Ti amo, ti amo, ti amo anch'io ti amo" mi dice, e può dirlo.

Sì questo è l'amore, ne sono convinto! E' qualche cosa di veramente strano. Qualcosa che entra nella vita senza alcuna apparente necessità, e la stravolge, la butta in aria. A ben guardare neppure sembrerebbe che lasci dei segni. In fondo quel profilattico assieme ad alcuni fazzoletti di carta finiti nella pattumiera non erano di certo i testimoni più credibili di ciò che c'era veramente accaduto. Credibile forse lo sarebbe stato solo per qualche analisi scientifica se ce ne fosse stata l'esigenza, ma non di certo per cercare di capire cosa sia quel sentimento così travolgente.

E' come se fossi giunto alle porte di un luogo sacro e misterioso. Tutto il turbinio di emozioni che mi ha pervaso non mi è sembrato altro che i giusti avvertimenti di ciò che dietro quella soglia avrei potuto trovare. Il mistero della vita era lì ad attendermi, mi ha fatto sentire tutta la sua potenza, tutta la sua grandezza, ma il mistero è rimasto mistero. Il mistero della vita, che l'amore mi ha svelato, è rimasto da lui stesso celato.

Ma d'altra parte cosa potevo pretendere? In fondo sono solo poco più che un profano in questo campo! Sentire la forza dell'amore non è ancora capirne qualcosa, come mi sembra invece sia accaduto a Maria e a Josef.

Rimanemmo appiccicati tutta la notte io e Dora quella notte, appiccicati ad un sonno i cui sogni erano rimasti tutti lì, in quella stanza, lì e dentro di noi.

Il giorno dopo lei preparò le sue cose, e al momento di lasciarci ebbi l'impressione che tutte le mie viscere se ne stessero andando con lei; con lei che se ne andava.

Dopo alcuni giorni ricevetti l'ultima lettera di Josef. Dora aveva aggiunto solo due parole: "Ti amo", ma rimasi parecchio tempo su quelle, prima di aprirla.

Era l'ultima lettera. Si stava concludendo qualcosa che da tempo era già concluso. Per me stava avvenendo in quell'istante: ne sentivo tutto il peso! Una specie di tristezza mi pervase: avevo come l'impressione di perdere qualche cosa che era divenuta parte di me! Ero di fronte ad un passaggio. In una mano avevo la lettera di Josef, dall'altra il biglietto di Dora. In una mano la certezza di una storia che si stava concludendo, dall'altra solo due parole, solo una promessa, una speranza per il futuro.

Ma come era possibile che quella storia già conclusa si concludesse ancora una volta? Come? Era chiaro che c'era qualcosa che non quadrava, e lì, probabilmente, quel qualcosa ero io! Io non ero in mezzo a quelle parole, ero il tramite di quelle parole! Io avrei dovuto essere il ponte tra le mie due mani! Era questo quello che mi appariva più chiaro. Ero io che avrei dovuto, perché ormai me lo portavo addosso, condurre quella storia ormai conclusa in ciò che le parole di Dora volevano dire: il futuro? Il mio futuro? Il nostro futuro? Era questa la prima volta che di me mi si chiariva qualcosa: sapere cosa avrei dovuto fare della mia vita, ad esempio. Paradossalmente la prima volta che sapevo cosa avrei dovuto fare, questo qualcosa si dimostrava però senza alcuna consistenza; era semplicemente qualche cosa che neppure riuscivo a nominare, forse per andarci vicino avrei potuto dire: "realizzare la verità dello spirito".

Questa invece era la lettera:

## IXª Lettera di Josef

*Cara Maria*

*Ho riflettuto a lungo sulla tua ultima missiva, e devo dirti che più riflettevo, e più mi appariva sempre più chiaro che quanto mi dicevi non poteva essere messo in dubbio. Questa riflessione, questo vaglio della ragione, è stata una vera tribolazione.*

*Ti devo confessare che in alcuni momenti in me è prevalsa la meschinità, la quale mi voleva far credere che in fondo la tua richiesta poteva essere solo un capriccio. Perdonami Maria, perdonami. E' vero, è giunta l'ora in cui bisogna dare voce a ciò che non l'ha mai avuta, nome a ciò che non è stato mai nominato, e tutto senza voce, senza parole, proprio come dici tu.*

*Perdonami Maria di aver messo in dubbio la verità di quella tua poesia senza parole; tu avresti meritato molto di più di quello che mi chiedi. In fondo questo è nulla nei confronti di ciò che avresti avuto il diritto di chiedermi. Ma qui non voglio fare un bilancio di quello che ci dobbiamo, di quello che ci siamo o non ci siamo dati, non avrebbe alcun senso. Il nostro amore non è mai stato né un'economia né un mero scambio; il nostro amore non è mai stato altro che una libera dimostrazione d'affetto, e ciò, come è risaputo, non è qualche cosa di quantificabile, ossia non sta nel più e nel meno, nel dare e nell'avere. L'affetto o c'è o non c'è, questa è tutta la sua storia.*

*La tua richiesta non è in nessun caso un capriccio, perché se fosse così, il bene che ne verrebbe sarebbe solo per te, mentre invece, quello che mi chiedi, è qualche cosa che mi mette di fronte alla responsabilità di ciò che sono, in un certo senso mi mette di fronte alla verità di ciò che sono. Questa tua richiesta è in fondo la richiesta della verità, e come tale, essa non potrà che fare bene ad entrambi.*

*E' per questo che ho deciso di mettere in atto tutto ciò che mi permetterà di essere lì con il mio corpo, assieme a tutto ciò che è tuo, disponendomi ad accogliere tutte le conseguenze di questa verità.*

*Maria, senza dubbio sarò lì con te, e non più esitando! Per questo ti chiedo di aiutarmi, ti chiedo di rivolgere al Nostro Signore le tue preghiere, perché lui solo potrà aiutarmi, potrà aiutarci. Lui, di te, ha molta fiducia, questo lo so bene. Io non cesserò di pregare per te, per noi, per avere sempre la forza della verità di ciò che siamo, in ogni momento, perché solo nella verità avremo la garanzia che ogni momento della nostra vita sarà stato vissuto nella possibilità di ciò che era. Il nostro amore, probabilmente, non sempre ha avuto la forza ed il coraggio di colmare la nostra vita. Non sempre è stato in grado di ottemperare alle sue possibilità. Oggi, tramite il Signore e la sua Grazia forse possiamo sperare di compiere la sua pienezza. E' questo il momento più greve e più importante, ma sono certo che saranno i nostri occhi a dirci se in ciò saremo riusciti.*

*Per tutto questo Maria preghiamo. Per questa felicità preghiamo il Signore. Lui, sarà con noi!*

Josef morirà solamente due mesi dopo la scomparsa di Maria, a causa di un problema cardiaco. Anche qui, in fondo, qualche cosa che dà da pensare. Per poter andare al capezzale di Maria invece egli dovette rendere conto ai suoi confratelli dei motivi di quella richiesta. Gli venne accordata una sospensione temporanea dei suoi impegni nei confronti della vita conventuale. Era questa una possibilità che venne indicata dalla maggior autorità dell'ordine, e scelta a piena maggioranza da tutti i monaci del monastero. Non esistevano precedenti di quel genere negli annali dell'ordine, ma Josef con la testimonianza della sua vita era riuscito a spiegare ai propri confratelli la purezza del sentimento che lo animava, e da loro fu compreso.

Oggi è il mio primo giorno di lavoro. Quante cose sono cambiate. La mia è stata però una convalescenza lunga e fruttuosa. Oggi ho questo sentimento: sono contento! In fondo non è cambiato nulla, devo sempre raggiungere Jean-Pierre, devo sempre andarci in metrò, ma questo non toglie che io sia ugualmente contento. Sì, oggi sono contento, e non continuo a ripeterlo solo per cercare di convincermi. Affatto! A *Ternes* salgono dieci persone, a *Courcelles* quasi nessuno scende, poi *Monceau*, *Villiers*, il treno ferma venticinque secondi, poi riparte, e alla stazione di *Rome* solo una signora sale, mentre a *Place de Clichy*... c'è come al solito un ricambio generale.

Ma cosa mi sta succedendo? Sono lì che guardo tutte queste cose ma non riesco a parteciparle. Ho quasi come un senso di dover essere attento a tutte queste cose ma senza il motivo per esserlo. Come se dovessi continuare a cercare di rispettare un modo di vedere senza però riuscire a vedere più nulla. Mi chiedo: ma a cosa mi serve osservare quante persone salgono, quante scendono, quando in fondo tutto quello che continuo a vedere è solo la tristezza che hanno negli occhi! E' questa tristezza che non cambia mai, ed è sempre lì, assieme ai treni, alle stazioni. No! questa cosa non va bene. Tutto questo che è la normalità non è normale!

Jean-Pierre mi sta aspettando.

– Ah sei qui! – mi fa sbirciando a fianco del cameriere che gli sta servendo il caffè, – Finito le vacanze? – anche lui è sempre quello!

– Sì, sì, finite – gli dico in modo sbrigativo, difatti quello che m'interessa è tutt'altro: – Tu ti ricordi quando prendevi il metrò Jean-Pierre, te le ricordi le facce tristi?

– Ancora con il metrò – mi risponde, – non ti è bastata la lezione? Tu devi fare come me, altrimenti prima o poi a forza di vedere quelle facce diventerai depresso come mia moglie. Lo sai no? nella vita bisogna cercare di essere sempre il più indipendenti possibile: d'estate la moto, d'inverno l'automobile, e poi quando proprio non se ne ha voglia c'è sempre il taxi.

– No Jean-Pierre non è questa la questione, quello che voglio chiederti è perché secondo te sul metrò la gente non riesce ad essere un po' più contenta, un po' più felice, perché è invece sempre la tristezza la normalità?

– Ma cosa pretendi? Credi che quando si è pensato di realizzare delle linee di treni sotterranei nelle grandi città si avesse come fine la felicità dei viaggiatori? Ma dove vivi? E' chiaro che quando hanno pensato a ciò nella loro mente c'era qualche cosa di molto simile al trasporto sui carrelli che avveniva nelle gallerie delle miniere di carbone. E' questo il modello! è ovvio! Tu pensi che la gente non senta che quando si siede su quegli sgabelli lo fa sentendo di togliere posto al carbone?

– Tu dici? – gli faccio.

– Certo che è così!

– Ma allora replico: perché il metrò rimane oggetto di vanto per una città, apparendo una conquista di civiltà?

– Perché è così –risponde. – Perché con il metrò milioni di persone si spostano senza infastidire il traffico di superficie, senza rumore, senza inquinamento, perché i treni sono elettrici... Sai, quello che importa non è la felicità della gente, tanto per la loro felicità non c'è niente da fare. A certa gente potresti mettere a disposizione anche un aereo privato che sarebbero sempre depresse, proprio come mia moglie. Quello che importa è che le cose funzionino, e non importa come lo facciano, cacciatelo bene in testa! ma che funzionino! Il Metrò funziona: è per questo che continuerà a trasportare gente.

– Ma tu perché non lo usi allora dato che funziona? – gli butto lì con un po' d'ironia.

– Perché io non sono un pezzo di carbone – mi risponde, – io posso usare la mia testa e la uso.

Ma anche il tuo conto in banca puoi usare... penso tra me, lo penso ma non glielo dico.

Poi aggiunge: – Se tutti fossero come me, non ci sarebbe più bisogno del metrò.

– Solo che le strade sarebbero sempre intasate dalle vetture – gli replico.

E allora lui: – E' vero, ed è proprio per questo che esistono i poveri ed i ricchi. – E me lo dice con sufficienza, con l'aria di chi ha trovato la chiave di volta per tutte le questioni.

Questa teoria mi era proprio nuova, ma funzionava! Di certo per il discorso di Jean-Pierre funzionava. Per evitare gli intasamenti del traffico c'era bisogno della povertà di alcuni e della ricchezza di altri. Sì, certo, funzionava questa teoria! era logica! Meglio: solo logica!

E poi gli chiesi: – Ma cambiando discorso tua moglie sta proprio così male?

Dopodiché dopo un attimo di silenzio Jean-Pierre cambiò espressione e tornando umano mi disse: – Enrica ha chiesto il divorzio.

Cosa poteva fare di diverso con uno come Jean-Pierre?

Era comunque persino troppo facile poter infierire su di lui dicendogli ad esempio che forse più che dividerci tra ricchi e poveri noi uomini dovremmo probabilmente cercare di volerci un po' più bene. E proprio per questo motivo non infierii su di lui anche se il bisogno di farlo comunque rimaneva. Gli dissi solo che mi dispiaceva, e che comunque non sempre ciò che finisce, finisce anche per essere un male.

Allora lui disse: – Bella consolazione!

Ma io non seppi aggiungere nulla, in effetti cosa avrei potuto aggiungere? Forse avrei dovuto leggergli l'ultima lettera di Maria, quella che seguirà, ma non so quanto qualche cosa che passa per le parole potesse bastare a Jean-Pierre. Lui, il professionista della parola in fondo non è che ne avesse tanta di fiducia in quella. Anche perché per lui le parole non erano altro che degli strumenti. Per lui ad esempio quella lettera sarebbe stata solo una lettera rivolta a qualcuno. Lui avrebbe cercato di capire perché Maria dicesse una cosa piuttosto che un'altra, per cercare di vedere cosa in fondo volesse dire con quelle parole, cosa volesse da Josef. A lui una lettera di questo tipo non avrebbe detto nulla, anche solo per il semplice fatto che non era rivolta a lui. Ma anche se gli fosse stata rivolta lui non l'avrebbe in ogni caso nemmeno considerata come qualche cosa che andasse molto oltre la semplice transazione d'affari, del tipo: cosa mi si chiede, cosa dovrei dare, mi conviene, non mi conviene, e cose del genere.

Ma in fondo questa sua incapacità d'astrazione, questa sua incapacità di sognare, erano state anche il motivo del suo successo.

Morale: anche l'incapacità è un valore!


Ed ecco l'ultima lettera, come sempre indirizzata a Josef, ma come sempre non rivolta a lui solo.

# IX<sup>a</sup> *Lettera di Maria*

*Caro Josef, ti ringrazio, ti aspetto.*

*Per il tuo arrivo sappi che qui al nostro ristorante abbiamo intenzione di dare una grande festa, con una grande cena alla quale verranno tutti gli abitanti della Terra.*

*Avrò molto da cucinare, senza dubbio, ma assieme a te ce la farò. Sarà una cena all'aperto, come puoi immaginare, e il cielo sarà solcato da tutti i colori. Ci sarà l'azzurro, ben certo, ma anche il giallo, il verde, il rosso, e poi ci saranno le stelle, tutte quelle che possono venire, assieme alla luna, il sole, e a tutti i pianeti. Le tavole saranno lunghe, molto lunghe, ed abbracceranno tutta la Terra. Tutti i cibi saranno su quelle tavole, tutti i cibi di tutto il mondo, ed anche tutte le bevande, tutte le bevande di tutto il mondo. Le persone che verranno, ovvero tutte le persone della Terra, non saranno suddivise in buone e cattive, perché le sedie saranno tutte uguali. Là ognuno prenderà il cibo che più gli piace e solo l'appetito misurerà la sazietà. L'unico dolore che sarà invitato sarà quello che aiuta alla guarigione, pertanto non ci sarà motivo d'invitare il male e il bene, dato che chi avrà fame potrà mangiare, e chi ha già mangiato, semplicemente, non avrà più fame. E la Terra quella sera inizierà a girare in modo più veloce, così che la gente potrà con un balzo spostarsi, anche molto lontano, per prendere i cibi che non ha mai mangiato, conoscere persone che non ha mai visto. Quella tavola diventerà quindi sempre più ricca, perché tutti vorranno portare qualcosa, sia quelli che ospitano, per accogliere degnamente i loro visitatori, che quelli che vengono ospitati, per essere ben accetti da loro. Come puoi ben immaginare Josef ci sarà molta gente che vorrà raccontare la propria storia quella sera e molta anche che vorrà ascoltare quella degli altri. Le voci quindi si moltiplicheranno, una sopra l'altra, ma grazie alla nuova velocità della Terra tutto ciò non produrrà frastuono e chiasso, ma bensì una grandissima e graditissima musica, il cui testo sarà composto da tutte le storie di tutta la gente.*

*Sarà a questo punto che la Terra fiorirà e nel Cielo quella canzone inizierà a salire, a salire, sempre di più, raggiungendo la Luna, i pianeti e tutte le stelle che quella sera saranno potute venire. Cosicché tutti coloro che potranno ascoltare quella musica saranno felici, anche Dio lo sarà; lo sarà assieme a tutti gli abitanti delle stelle, almeno quelle che quella sera saranno potute venire.*

*Questa festa sarà perciò degna del seme che tu hai posto in me, che hai posto nella mia terra, ma sarà anche la festa di tutti, perché tutti potranno amarsi senza paura. Sarà perciò la festa dell'amore che ha vinto sull'odio. Sarà la festa del Signore perché quella sera si sarà vissuto veramente il suo insegnamento.*

*Senza dubbio, Josef, sarà un festa da sogno.*

*Senza dubbio Josef: non puoi mancare!*

*Con immenso affetto Maria*

Era chiaro, la cena di Maria era un sogno: il sogno di un'umanità felice! Un sogno di questo genere in fondo è un'utopia. Tante volte mi sono chiesto a cosa servisse sognare cose di questo genere, perché in fondo queste rimangono cose irrealizzabili, rimangono utopie appunto. Si può certo immaginare un leone sorridente, oppure una pecora che se ne va senza il gregge. Certo che si può, ma solo questo. Ho sempre pensato che certe barriere siano insuperabili, questo senza dubbio, ma a dispetto di prima ora credo che ciò non toglie che si debba continuare a provarci. E' chiaro che esistono dei comportamenti umani molto radicati e che in più questi sono in genere la maggioranza dei comportamenti che gli uomini adottano. E' chiaro. In effetti essi si basano su esigenze vitali, come la conservazione di se stessi, e sono per lo più istintivi. Si basano quasi sempre su delle necessità biologiche, psicologiche, e sono quasi sempre anche ciò che ci offre il piacere e il dispiacere. La vita solitamente si regola su queste cose. Queste cose sono quindi anche una specie di bussola per gli uomini.

Ma il problema è che quando queste cose sono l'unica bussola per gli uomini, allora non può nemmeno mai esserci nulla di nuovo. Come dire, tutto rimane nell'aspetto della conservazione dell'esistente, e non c'è alcun passaggio verso ciò che non è ancora stato. In sostanza non c'è storia, non c'è una storia intesa come qualche cosa che va avanti, che supera il proprio passato. Non c'è storia per gli uomini. Credo che il valore di un'utopia sia nella sua possibilità di creare l'imprevedibile. Sia lì il valore di un "non luogo", ossia di qualche cosa che non è, ancora, mai stato. Il valore di un sogno, un sogno per gli uomini. È questo il valore di un'utopia.

E il sogno di Maria?

Il sogno di Maria da questo punto di vista non faceva una grinza!

In effetti se c'è un modo d'essere del mondo, se c'è un oggi diverso da un ieri, dall'ieri di Maria e Josef per esempio, ossia della guerra e della distruzione come anche del loro amore, se c'è un modo d'essere del mondo di questo tipo, ripeto, un modo d'essere diverso rispetto a quello di ieri, allora questo modo di oggi è in alcuni luoghi della terra un po' meno drammatico di ieri, penso qui in particolare a quei popoli usciti dagli orrori della II° guerra mondiale.

In effetti se ciò si è avverato, e a me sembra di sì, allora è chiaro che oggi noi dobbiamo ringraziare persone come loro, come Maria e Josef, ovvero persone che hanno avuto la forza e il coraggio di far entrare i sogni, e non solo gli incubi, nella loro vita.

*

Questa notte non c'è stato niente da fare, mi sarò già girato, prima su un fianco e poi sull'altro, almeno centomila volte. Forse centomila sono un po' troppe. Ho continuato a dire: adesso mi addormento, adesso mi addormento… cosicché non ho preso sonno nemmeno per un istante. Avrei dovuto accendere la luce e prendere qualcosa da leggere, ma non sapevo nemmeno proprio cosa leggere. No, inutile nasconderlo. La questione è questa: ieri mi è arrivata una lettera di Dora la quale mi ha messo nero su bianco le ragioni per cui potrei andare a vivere da lei, in Brasile. Il problema è che in tutto ciò non c'è nulla di ragionevole!

Finalmente si è fatto giorno.

Esco.

Un po' di aria fresca finalmente.

Le strade sono state appena lavate e pure i marciapiedi sono ancora bagnati. C'è poca gente in giro. Alcuni addetti alle pulizie sono rimasti sul piazzale, s'interpellano animatamente, forse pure loro sono indecisi sul da farsi. Il sole sarà caldo anche oggi.

Lei mi ospiterebbe a casa sua mi ha detto.

Oh ecco un bar aperto!

Entro.

– Un caffè e una croissant per favore.

– No, non ne abbiamo di croissant.

– Allora solo un caffè grazie.

E poi a casa sua cosa farei? Del lavoro non ne parla. Sì, certo, me lo potrei inventare un lavoro, ma la questione non è tanto questa, piuttosto: chi me lo pagherebbe?

Esco.

Qui a Parigi gli addetti alle pulizie per facilitare la rimozione della sporcizia creano dei veri e propri canali navigabili tra il ciglio della strada e il marciapiede. Un autobus si è spostato troppo verso di me mentre attendevo il verde. Ora ho i pantaloni tutti bagnati, ma mi è andata bene: l'acqua non è troppo sporca.

E suo padre, e sua figlia, chissà come vedono la cosa? Nemmeno di ciò dice nulla. Chissà invece cosa pensano di me, adesso poi che sanno che non ho nemmeno un canarino a casa!

Toh un euro! per terra c'è un euro! Che bella fortuna. Così la colazione non mi è costata quasi nulla: la *croissant* non c'era e il caffè con l'euro è quasi pagato. E' un buon segno!

Ma l'argomento più convincente di Dora... in fondo non è neanche un vero e proprio argomento. Mi dice solo di andare da lei perché mi ama, mi ama e basta.

E' fantastico!

Il Brasile poi mi è sempre piaciuto.

Ma questo verde quando arriva? Passo ugualmente il semaforo deve essere guasto. Ah no? non lo era! Pazienza ormai sono passato.

Sì, è meglio che vada adesso a prendere il metrò così mi porto avanti anche con il lavoro.

Scendo la prima rampa di scale, passo il biglietto nell'obliteratrice, supero la barriera senza difficoltà.

E io, anch'io l'amo?

No, io l'ho sempre amata!

Scendo la seconda rampa di scale: sono sulla pensilina: il cartello elettronico indica tre minuti d'attesa per il prossimo treno.

Cosa si può pensare in tre minuti?

Non riesco a fermarmi vado fino in fondo poi ritorno su: il treno arriva: le porte aprono.

Salgo.

C'è poca gente. Sono già partiti per le vacanze. Meglio così. Meglio per loro.

Sì, mi sa che oggi dirò a Jean-Pierre che è il mio ultimo giorno di lavoro.

Una donnona di fronte a me sulla destra ha la testa appoggiata al maniglione del finestrino. Dorme, dorme veramente. Chissà cosa starà sognando? Magari la sua Africa, la sua savana e tutte quelle altre cose da sogno che io ho visto solo nei documentari: i leoni, le zebre, le giraffe... gli elefanti!

Sì oggi glielo dico proprio a Jean-Pierre. Sì, forse glielo dico proprio.

Sulla mia sinistra nei pressi della porta un'altra donna invece è in attesa della fermata, o forse si è dimenticata di sedersi, i posti infatti non mancano. Non ha gli occhi chiusi ma anche lei sta sognando. Chissà, magari anche lei sogna della sua terra, forse l'India. Anche in India credo ci siano gli elefanti. Chissà com'è vivere in un posto dove ci sono gli elefanti. Vivere proprio assieme a quelle cose enormi, e così strane. Incredibile! Dovrebbe essere proprio incredibile vivere in un posto del genere, con quei bestioni che ti girano attorno.

No, in Brasile non ci sono gli Elefanti, solo che le scelte sono sempre azzardate quando sono scelte: tutto qua.

Sì, credo che domani andrò in Brasile. Dopotutto la libertà è una scommessa! No?

Certo, se non sarà domani sarà dopodomani, o forse tra una settimana, un mese... ma credo proprio che ci andrò: sì, lo credo proprio!

Lo so, lo so, é inutile ripeterlo, lo so che là non ci sono gli elefanti...

Però ci sono tutti i miei sogni!

Sì: ci andrò proprio in Brasile.

Forse ci andrò proprio.


E poi è lì che Dora mi aspetta.

# Indice scritti

*Temperino rosso* edizioni

*Giugno 2011*

www.ingramcontent.com/pod-product-compliance
Lightning Source LLC
Chambersburg PA
CBHW060112260626
47160CB00005B/1870